Charles Lamb

Mary Lamb

Histórias de Shakespeare – vol.1

Romeu e Julieta
A megera domada
A tempestade

Tradução
Marcos Bagno

Ilustrações
Cárcamo

editora ática

Título original: *Tales from Shakespeare*
Título da edição brasileira: *Histórias de Shakespeare vol. 1*
© Charles Lamb, Mary Lamb, 1997

Diretor editorial adjunto	Fernando Paixão
Editoras adjuntas	Carmen Lucia Campos
	Claudia Morales
Editor assistente	Fabricio Waltrick
Redação	Baby Siqueira Abrão (Apresentação)
	Fabricio Waltrick (seção "Quero mais")
Preparação de originais	Maria da Anunciação Rodrigues
Coordenadora de revisão	Ivany Picasso Batista
Revisora	Camila Zanon

ARTE

Projeto gráfico	Marcos Lisboa, Suzana Laub,
	Katia Harumi Terasaka, Roberto Yanez
Editora	Suzana Laub
Editor assistente	Antonio Paulos
Pesquisa iconográfica	Odete Ernestina Pereira
Editoração eletrônica	Divina Rocha Corte, Eduardo Rodrigues,
	Moacir Matsusaki
Edição eletrônica de imagens	Cesar Wolf

CIP-BRASIL. CATALOGAÇÃO NA FONTE
SINDICATO NACIONAL DOS EDITORES DE LIVROS, RJ

L222h
v.1

Lamb, Charles, 1775-1834
    Histórias de Shakespeare, vol. 1 / [adaptação de] Charles
Lamb, Mary Lamb ; tradução Marcos Bagno ; ilustrações
Cárcamo. – 1.ed. – São Paulo : Ática, 2002.
    80p. : il. – (Quero Ler)

    Tradução de: Tales from Shakespeare
    Apêndice
    Contém suplemento de leitura
    Conteúdo: Romeu e Julieta, A megera domada, A tempestade
    ISBN 978-85-08-08263-6

    1. Shakespeare, William, 1564-1616 – Adaptações – Literatu-
ra infantojuvenil. 2. Conto infantojuvenil inglês. I. Lamb, Mary,
1764-1847. II. Bagno, Marcos, 1961-. III. Cárcamo, 1954-. IV.
Título. V. Série.

09-5259.		CDD: 028.5
		CDU: 087.5

ISBN 978 85 08 08263-6 (aluno)
CL: 731326
CAE: 219036
OP:248574
2024
1ª edição
28ª impressão
Impressão e acabamento:Bartira

Todos os direitos reservados pela Editora Ática S.A., 2003
Av. das Nações Unidas, 7221, Pinheiros - CEP 05425-902 - São Paulo, SP
Atendimento ao cliente: 4003-3061 - atendimento@aticascipione.com.br
www.coletivoleitor.com.br

Histórias que nunca envelhecem

Nenhum casal foi tão apaixonado quanto Romeu e Julieta. Porém, o amor deles enfrentou um grande problema: suas famílias se odiavam e jamais permitiriam a união dos dois. Lutando contra o destino, viveram então uma das mais belas histórias de amor da humanidade.

"Romeu e Julieta" é uma das histórias mais famosas de William Shakespeare. Esse escritor inglês, que viveu há mais de quatrocentos anos, é considerado um dos maiores gênios de todos os tempos.

Em "A megera domada", ele mostrou seu talento para o riso. Nessa comédia, o ambicioso Petrúcio tenta dominar a feroz Catarina em um casamento cheio de truques, trapalhadas e confusões.

Já em "A tempestade", Shakespeare construiu uma ilha feita de magia pura, onde moravam criaturas estranhas e acontecia cada coisa... Nem lendo você vai acreditar!

E tem mais: no final do livro, você vai conhecer mais sobre Shakespeare, sua época e suas peças. Também vai conhecer Charles e Mary Lamb, os irmãos que transformaram as peças de Shakespeare nas histórias deste livro.

Sumário

Romeu e Julieta

As duas famílias principais de Verona eram os ricos Capuletos e os Montecchios[1]. Entre essas famílias tinha ocorrido uma velha disputa, que crescera tanto, e tão mortal era a inimizade entre elas, que o ódio se estendera aos parentes mais distantes, aos seguidores e criados de ambos os lados, de tal maneira que um serviçal da casa de Montecchio não podia encontrar um da casa de Capuleto, nem um Capuleto encontrar um Montecchio por acaso, sem que isso provocasse palavras furiosas e, às vezes, até derramamento de sangue. E eram frequentes as brigas causadas por esses encontros casuais, que perturbavam as ruas alegres e tranquilas de Verona.

O velho senhor Capuleto ofereceu um grande banquete, para o qual foram convidadas muitas belas damas e muitos homens ilustres. Estavam presentes todas as jovens mais cortejadas de Verona, e todos os que chegavam eram bem-vindos, desde que não pertencessem à casa de Montecchio.

1. Pronuncia-se "Montéquios" (nota do tradutor).

A essa festa compareceu Rosalina, por quem Romeu, filho do velho senhor Montecchio, tinha se apaixonado. E embora fosse perigoso para um Montecchio ser visto no meio daquela gente, Benvólio, um amigo de Romeu, persuadiu o jovem nobre a ir àquela festa disfarçado com uma máscara, para que pudesse ver sua Rosalina e, vendo-a, compará-la com algumas beldades ilustres de Verona. Benvólio disse a Romeu que, perto das outras, ele ia ver que seu cisne, Rosalina, era na verdade um corvo. Romeu não punha muita fé nas palavras de Benvólio. Mesmo assim, pelo amor de Rosalina, deixou-se convencer a ir. Afinal, Romeu era um amante sincero e apaixonado, alguém que perdia o sono por amor e fugia da companhia dos outros para ficar só, pensando em Rosalina. Mas ela o desprezava e nunca retribuiu o amor dele com a menor amostra de cortesia ou afeição. Por isso, Benvólio desejava distrair seu amigo daquele amor, mostrando-lhe uma diversidade de damas e convidados.

Assim, o jovem Romeu, Benvólio e seu amigo Mercúcio compareceram à festa mascarados. O velho senhor Capuleto deu-lhes as boas-vindas e disse-lhes que as damas que não sofressem com calos nos dedos dos pés decerto dançariam com eles. O ancião estava contente e de ótimo humor. Acrescentou que também usara máscara quando era mais moço e que sabia derramar sussurros amorosos nos ouvidos de uma dama.

E os jovens caíram na dança. Romeu, subitamente, foi arrebatado pela beleza avassaladora de uma dama que lá dançava. Ela lhe pareceu capaz de ensinar as tochas a brilhar, e sua beleza reluzia na noite como uma joia deslum-

brante usada por um negro. Uma beleza rica demais para existir, da qual a Terra era indigna! Como uma pomba branca voando entre os corvos (ele disse), a beleza e a perfeição da jovem brilhavam acima das damas que a acompanhavam.

Ao pronunciar essas palavras, foi ouvido por Tebaldo, sobrinho do senhor Capuleto, que reconheceu nelas a voz de Romeu. Aquele Tebaldo, de temperamento feroz e impetuoso, não poderia admitir que um Montecchio viesse sob o disfarce de uma máscara zombar e escarnecer naquela solenidade. E ele rugiu e vociferou tremendamente, disposto a acabar com a vida de Romeu. Mas seu tio, o senhor Capuleto, não permitiria que ele causasse nenhuma ofensa naquele momento, não só por respeito aos convidados, mas também porque Romeu tinha se comportado como um cavalheiro, e todas as línguas de Verona louvavam-no como um jovem virtuoso e comedido. Tebaldo, obrigado a dominar sua fúria a contragosto, se conteve, mas jurou que aquele vil Montecchio pagaria, no momento adequado, o preço justo por aquela invasão.

Terminada a dança, Romeu observou o lugar onde estava a dama. E, favorecido por seu disfarce, que poderia desculpar em parte aquela ousadia, ele se atreveu, do modo mais delicado, a pegar na mão dela. Disse-lhe que aquela mão era um relicário e que, se ele o profanava ao tocá-la, então era um peregrino envergonhado e que a beijaria em sinal de reparação.

– Bom peregrino – respondeu a dama. – Sua devoção mostra um excesso de cavalheirismo e de galanteio: os santos têm mãos que os peregrinos podem tocar, mas não beijar.

– Os santos não têm lábios, e os peregrinos também? – perguntou Romeu.

– Sim – disse a dama –, lábios que devem ser usados na oração.

– Se é assim, minha querida santa – disse Romeu –, ouça minha oração e atenda-a, senão caio em desespero.

Estavam entretidos nesse jogo de palavras e nessa disputa amorosa quando a dama foi chamada pela mãe para se retirar. E Romeu, procurando saber quem era a mãe dela, descobriu que a dama cuja beleza sem par o atingira tão fundo era a jovem Julieta, filha e herdeira do senhor Capuleto, o grande inimigo dos Montecchios. E que ele, sem saber, tinha entregado o coração ao rival. Isso o perturbou, mas não poderia dissuadi-lo de amar. E igualmente inquieta ficou Julieta quando descobriu que o cavalheiro com quem estivera falando era Romeu, um Montecchio, pois ela fora golpeada repentinamente pela mesma paixão impetuosa e irrefletida que Romeu tinha concebido por ela. Aquilo lhe pareceu um amor nascido de um prodígio, o prodígio de ter de amar seu inimigo, de ter de fixar nele o seu afeto, quando as disputas familiares deveriam induzi-la antes de tudo ao ódio.

Soando meia-noite, Romeu e seus companheiros partiram. Mas eles logo o perderam de vista, pois, incapaz de ficar longe do lugar onde deixara o coração, ele escalou o muro de um jardim nos fundos da casa de Julieta. Não estava ali havia muito tempo, meditando sobre seu amor, quando Julieta apareceu acima dele, numa janela, através da qual sua deslumbrante beleza parecia irromper como a luz do sol no oriente. E a lua, que brilhava no jardim com uma luz mortiça, pareceu a Romeu estar doente e pálida de aflição diante do esplendor muito maior daquele novo sol.

Ao ver Julieta apoiar o rosto sobre as mãos, ele desejou ardentemente ser uma luva para poder tocar aquela face. Acreditando-se sozinha o tempo todo, Julieta deixou escapar um suspiro profundo e exclamou:

– Ai de mim!

Romeu, arrebatado por ouvi-la falar, murmurou baixinho, sem que ela o ouvisse:

– Oh, fale de novo, anjo reluzente, pois é com isso que se parece, acima de minha cabeça, como um mensageiro alado dos céus que os mortais só podem contemplar no êxtase.

Ela, sem saber que era ouvida, e repleta da nova paixão que a aventura daquela noite fizera nascer, chamou pelo nome seu amado (que ela supunha ausente):

– Ó Romeu, Romeu! – disse ela. – Por que você é Romeu? Negue seu pai, recuse seu nome, por mim. Ou então, se não quiser isso, seja meu amor jurado, e eu não serei mais uma Capuleto.

Romeu, assim encorajado, teria se alegrado em falar, mas estava ansioso por ouvir mais. E a dama prosseguiu seu discurso apaixonado consigo mesma (assim pensava), ainda repreendendo Romeu por ser Romeu e Montecchio, e desejando que ele tivesse outro nome, ou que abandonasse aquele nome odiado (pois o nome não é parte da própria pessoa) para se apoderar dela inteira.

Àquelas palavras amorosas, Romeu não pôde mais se conter. Entrando no diálogo, como se as palavras dela tivessem sido dirigidas a ele pessoalmente, e não somente em fantasia, ele propôs que ela o chamasse de Amor, ou de qualquer outro nome que lhe agradasse, pois ele já não era Romeu, se tal nome a deixava tão descontente. Julieta, alarmada por ouvir uma voz de homem no jardim, a princípio não percebeu quem era aquele que, protegido pela noite e pela escuridão, tinha de tal modo descoberto os seus segredos. Mas quando ele voltou a falar, e embora seus ouvidos ainda não tivessem absorvido sequer uma centena de palavras pronunciadas por aquela boca, ela imediatamente soube que era o jovem Romeu, e o repreendeu acerca do perigo a que ele se expunha ao escalar o muro do jardim, pois, se qualquer um dos parentes dela o descobrisse ali, seria a morte para ele, sendo um Montecchio.

– Ah! – disse Romeu. – Há mais perigo nos seus olhos do que em vinte daquelas espadas. Basta que olhe para mim, dama, e ficarei imune à inimizade deles. Prefiro que minha vida seja extinta pelo ódio deles a prolongar esta vida odiosa sem o seu amor.

– Como chegou até aqui? – perguntou Julieta. – E quem o guiou?

– O amor me guiou – respondeu Romeu. – Não sou piloto, mas se você ficasse tão distante de mim quanto aquela extensa praia que é banhada pelo oceano mais longínquo, eu me aventuraria a buscar tal tesouro.

As faces de Julieta se ruborizaram (sem que Romeu pudesse vê-las por causa da noite) quando ela refletiu sobre a revelação que tinha feito, sem querer, de seu amor por Romeu. Ela preferiria apagar aquelas palavras, mas era impossível. Bem que gostaria de recobrar os modos, e manter seu amado a distância, como é o costume das damas discretas, que franzem o cenho e mostram-se perversas, dando a seus seguidores duras negativas, a princípio... E fingem uma indiferença afetada quando mais estão apaixonadas, para que seus amantes não as julguem demasiado levianas ou fáceis de vencer, pois a dificuldade da obtenção aumenta o valor do objeto. Mas não havia lugar, no caso dela, para negativas ou evasivas, ou qualquer uma das costumeiras artes da protelação e do galanteio demorado. Romeu ouvira de sua própria voz, quando ela nem sequer sonhava que ele estivesse próximo, uma confissão de seu amor.

Assim, com uma franca honestidade, que a novidade da situação lhe permitia, ela confirmou a verdade do que ele ouvira ainda há pouco. E, chamando-o de *belo Mon-*

tecchio (o amor pode adoçar um nome amargo), implorou a ele que não atribuísse aquela confissão fácil à leviandade ou a uma mente indigna, mas que lançasse a culpa (se havia uma culpa) sobre a escuridão da noite, que tão estranhamente lhe fizera descobrir seus pensamentos. E acrescentou que, embora seu comportamento para com ele pudesse não ser muito prudente, segundo os costumes femininos, ela se provaria mais verdadeira do que muitas daquelas cuja prudência era dissimulada e cuja modéstia era uma artificialidade.

Romeu ia começar a chamar o céu por testemunha, jurando que nada estava mais longe de seu pensamento do que lançar uma sombra de desonra sobre uma dama tão respeitável, quando Julieta o interrompeu, pedindo-lhe que não jurasse. Afinal, embora ela estivesse feliz em vê-lo, não se alegrava nada com o ocorrido aquela noite: era demasiado brusco, imprevisto e repentino. Mas, como ele insistisse com ela para que trocassem um voto de amor naquela noite, ela respondeu que já o tinha dado antes que ele pedisse, isto é, quando ele a ouvira confessar seu amor. Mas ela retiraria o que já tinha lhe concedido só pelo prazer de concedê-lo novamente, pois a generosidade dela era infinita como o mar, e seu amor, igualmente profundo.

Em meio a esse diálogo apaixonado, Julieta foi chamada pela ama que dormia com ela, a qual achava que já era hora de a jovem se recolher, pois o dia estava para nascer. Mas, voltando depressa à janela, disse mais três ou quatro palavras a Romeu: se seu amor fosse de fato honrado e se seu propósito fosse o casamento, então ela lhe enviaria um mensageiro no dia seguinte, para marcar uma data para o enlace, quando ela depositaria toda a sua fortuna aos pés dele e o seguiria como seu amo e senhor por todo o mundo.

Enquanto acertavam tudo isso, Julieta foi repetidamente chamada pela ama. Ela entrava e saía, entrava e saía de novo, pois parecia tão ciumenta da partida de Romeu quanto a criança que tem um pássaro e o deixa voar um pouco somente para puxá-lo de volta com um fio de seda. E Romeu estava tão pouco disposto a partir quanto ela, pois a música mais doce para os amantes é ouvir a voz um do outro à noite. Mas, por fim, se despediram, desejando-se mutuamente bom sono e doce repouso aquela noite.

O dia estava surgindo quando se separaram, e Romeu, incapaz de dormir, ocupado demais com seus pensamentos sobre sua amada e aquele abençoado encontro, em vez de ir para casa tomou a direção de um mosteiro próximo para se encontrar com frei Lourenço. O bom padre já estava de pé para suas orações. Ao ver o jovem Romeu desperto tão cedo, imaginou corretamente que ele não dormira aquela noite porque alguma perturbação de afeto juvenil o mantivera acordado. Estava certo ao atribuir a vigília de Romeu ao amor, mas fez uma suposição equivocada quanto ao objeto, pois achava que o amor do jovem por Rosalina é que o deixara insone. Mas quando Romeu lhe revelou sua recente paixão por Julieta e solicitou a ajuda do padre para casá-los aquele dia, o sacerdote ergueu os olhos e as mãos como que admirado com a súbita mudança nos afetos de Romeu. Afinal, estivera a par do amor de Romeu por Rosalina e de suas muitas queixas sobre o desdém da jovem. Por isso, disse que o amor dos rapazes não residia, de fato, em seus corações, mas em seus olhos. Mas Romeu respondeu lembrando-lhe que o próprio frei Lourenço várias vezes o repreendera por ter se apaixonado por Rosalina, que não lhe retribuía o amor, ao passo que Julieta o amava e era amada por ele. O padre concordou um pouco com aqueles argumentos, imaginando que um casamento entre os jovens Romeu e Julieta poderia ser um meio feliz de encerrar a longa rivalidade entre os Capuletos e os Montecchios. Ninguém lamentava mais essa disputa do que o bom frei Lourenço, que tinha amizade com as duas famílias e frequentemente oferecera sua mediação para dar um fim àquela luta, mas em vão. Movido em parte pela diplomacia, em parte por sua afeição a Romeu, a quem não conseguia negar nada, o velho sacerdote consentiu em realizar o casamento.

Agora Romeu sentia-se realmente abençoado. Julieta, que soube de suas intenções por meio de um mensageiro que ela enviara conforme prometido, não tardou em comparecer à cela[2] de frei Lourenço, onde se uniram em sagrado matrimônio. O bom padre pediu aos céus que sorrissem àquele ato, para que a união do jovem Montecchio e da jovem Capuleto enterrasse a velha disputa e os longos desentendimentos de suas famílias.

Terminada a cerimônia, Julieta voltou às pressas para casa, onde esperou impaciente a chegada da noite, quando Romeu, segundo prometera, viria encontrá-la no jardim onde tinham se falado na véspera. E aquela espera lhe pareceu tão tediosa quanto a véspera de alguma grande festa é para uma criança que ganhou roupas novas que só poderá vestir no dia marcado.

2. Neste caso, o aposento do religioso no convento.

Naquela mesma manhã, perto do meio-dia, Benvólio e Mercúcio, amigos de Romeu, caminhavam pelas ruas de Verona quando encontraram um grupo de Capuletos chefiados pelo impetuoso Tebaldo. Era o mesmo Tebaldo enfurecido que quisera lutar com Romeu na festa do velho senhor Capuleto. Ao ver Mercúcio, acusou-o rudemente de ter ligações com Romeu, um Montecchio. Mercúcio, que tinha tanto ardor e sangue juvenil quanto Tebaldo, retrucou àquela acusação com uma resposta ferina. E, apesar de tudo o que Benvólio tentou dizer para que ambos moderassem sua ira, uma luta teve início.

Nesse momento, Romeu passou por ali. O furioso Tebaldo se desviou de Mercúcio e se voltou para Romeu, chamando-o com o horrível nome de canalha. Romeu desejava evitar uma briga com Tebaldo mais do que com qualquer outro homem, pois ele era parente de Julieta, que gostava muito dele. Além disso, aquele jovem Montecchio nunca entrara totalmente nas disputas de família, sendo por natureza sensato e gentil, e o nome Capuleto, que era o de sua querida Julieta, agora era para ele muito mais um talismã para apaziguar os ressentimentos do que uma senha para desencadear a raiva. Assim, tentou ser razoável com Tebaldo, a quem saudou chamando-o de *nobre Capuleto*, como se ele, muito embora um Montecchio, tivesse algum secreto prazer em pronunciar aquele nome. Mas Tebaldo, que odiava todos os Montecchios como odiava o inferno, não quis ouvir a razão e desembainhou a espada. E Mercúcio – que nada sabia do motivo secreto de Romeu para querer as pazes com Tebaldo e considerava aquela tranquilidade presente como uma espécie de fria e ignóbil submissão – incitou Tebaldo, com muitas palavras de desprezo, a retomar sua luta inicial com ele. Assim, Mercúcio e Tebaldo lutaram até que Mercúcio caiu, vítima de uma ferida mortal, enquanto Romeu e Benvólio se esforçavam em vão para separar os combatentes. Morto Mercúcio, Romeu não pôde mais conter sua raiva, e devolveu a Tebaldo a injuriosa denominação de canalha que dele recebera. E ambos lutaram até Tebaldo ser morto por Romeu.

Como aquele tumulto assassino ocorresse no centro de Verona ao meio-dia, não tardou para que uma multidão de cidadãos se reunisse no local. Entre eles estavam os velhos senhores Capuleto e Montecchio com as esposas, e logo depois o príncipe em pessoa, que tinha parentesco com Mercúcio. Tendo visto a paz de seu governo frequentemente perturbada por aquelas brigas entre Montecchios e Capuletos, ele vinha determinado a impor a lei com toda a força contra aqueles que viessem a ser acusados. Benvólio, que testemunhara a luta, recebeu ordem do príncipe para que relatasse a origem da disputa. Ele assim fez, mantendo-se tão próximo da verdade quanto fosse necessário para não incriminar Romeu, atenuando e isentando a participação do amigo na confusão. A senhora Capuleto, cuja dor extrema pela perda do sobrinho Tebaldo não lhe deixava conter sua revolta, exortou o príncipe a fazer cumprir a justiça estrita contra o assassino e a não dar atenção ao depoimento de Benvólio, que, sendo amigo de Romeu e um Montecchio, falava com parcialidade. Assim ela argumentava contra Romeu, sem ainda saber que era seu genro e marido de Julieta. Do outro lado estava a senhora Montecchio, que clamava pela vida do filho, e alegava, com alguma razão, que Romeu nada fizera digno de punição ao tirar a vida de Tebaldo, que já perdera o direito de defesa ao assassinar Mercúcio. O príncipe, insensível às exclamações apaixonadas daquelas senhoras, examinou atentamente os fatos e pronunciou sua sentença: que Romeu fosse banido de Verona.

Duras notícias para a jovem Julieta, que fora noiva só por algumas horas e, por aquele decreto, já parecia para sempre divorciada! Quando soube de tudo aquilo, ela a princípio irrompeu numa fúria contra Romeu, que levara à morte seu querido primo. Chamou-o de formoso tirano, demônio angelical, corvo disfarçado de pomba, lobo com entranhas de cordeiro, coração de serpente numa face de flor, e outros nomes igualmente contraditórios, que denunciavam as disputas em seu espírito entre seu amor e sua mágoa. Mas, por fim, o amor tomou o controle, e as lágrimas que ela derramou pela dor de Romeu ter matado seu primo se transformaram em gotas de alegria por seu marido ter sobrevivido ao ataque de Tebaldo. Logo vieram lágrimas novas, e todas eram de sofrimento pelo exílio de Romeu. Esta palavra era mais terrível para ela do que a morte de muitos Tebaldos.

Romeu, depois da luta, buscara refúgio na cela de frei Lourenço. Foi ali que tomou conhecimento da sentença do príncipe, que lhe pareceu muito mais terrível do que a morte. Para ele não existia mundo algum fora dos muros de Verona, vida alguma sem a visão de Julieta. O céu ficava lá onde vivia Julieta, e tudo fora dali era purgatório, tortura, inferno.

O bom padre tentou aplicar as consolações da filosofia àquelas dores, mas o frenético jovem não deu ouvido a nenhuma delas. Tal como um louco, arrancou os cabelos e atirou-se no chão dizendo que queria tirar as medidas de seu túmulo. Foi arrancado desse estado absurdo por uma mensagem de Julieta, que o reanimou um pouco. O padre aproveitou, então, para fazê-lo perceber a fraqueza covarde que ele demonstrara. Romeu tinha matado Tebaldo, mas também mataria a si mesmo e a Julieta, que só vivia pela vida dele? A nobre forma do homem, disse o padre, não passa de uma figura de cera quando lhe falta a coragem que deve mantê-la firme. A lei tinha sido indulgente com ele, pois em vez da sentença de morte, à qual ele poderia ser condenado, a voz do príncipe só pronunciara a do exílio. Ele tinha matado Tebaldo, mas Tebaldo poderia tê-lo matado: devia haver algum tipo de felicidade naquilo. Julieta estava viva e (o que era mais incrível) se tornara sua amada esposa. Somente por isso ele já era o mais feliz dos homens.

Todas essas bênçãos, conforme o padre as enumerava, Romeu desdenhou como se fosse uma garotinha mimada e malcomportada. Frei Lourenço o advertiu para que tomasse cuidado, porque assim é que os desesperados morrem na miséria. Então, depois que Romeu se acalmou um pouco, o padre o aconselhou a despedir-se secretamente de Julieta naquela noite, para em seguida viajar diretamente a Mântua. Lá deveria permanecer até que o padre achasse conveniente tornar público o casamento, o que seria uma maneira jubilosa de reconciliar as famílias. E que ele não duvidasse de que o príncipe se comoveria e o perdoaria, e Romeu voltaria com alegria vinte vezes maior do que a dor com que partira. Romeu se deixou convencer por esses sábios conselhos do frade e saiu para encontrar-se com Julieta, propondo-se a passar a noite com ela e, ao romper o sol, prosseguir viagem sozinho até Mântua. O frade prometeu enviar-lhe regularmente cartas com notícias sobre o estado de coisas em Verona.

Romeu passou aquela noite com sua querida esposa, entrando secretamente no quarto dela pelo jardim onde, na noite anterior, ouvira de seus lábios a confissão de seu amor. Foi uma noite em que a alegria e o arrebatamento se misturaram. Mas os prazeres dessa noite, e o deleite que os amantes experimentaram nos braços um do outro, foram tristemente diminuídos pela perspectiva da separação e pelas desventuras fatais do dia anterior. O indesejável amanhecer pareceu ter chegado cedo demais, e quando Julieta ouviu o canto matinal da cotovia, quis iludir a si mesma de que era o rouxinol, que canta à noite. Mas era realmente a cotovia que cantava, e aquela melodia lhe pareceu fora do tom e desagradável. E os raios do sol nascente mostravam sem sombra de dúvida que era hora de aqueles amantes se separarem.

Romeu se despediu da querida esposa com o coração pesado, prometendo escrever-lhe de Mântua a cada hora do dia. E quando ele desceu pela janela do quarto, ao vê-lo lá embaixo, no solo, Julieta teve um estranho pressentimento: naquele triste estado de espírito em que se encontrava, parecia aos seus olhos que Romeu era um morto no fundo de uma tumba. Romeu também sentiu no espírito aquele triste presságio. Mas naquele momento ele era obrigado a fugir depressa, pois ser encontrado dentro dos muros de Verona depois do amanhecer seria uma sentença de morte para ele.

Era só o início da tragédia daquele par de amantes malfadados. Romeu mal tinha saído de Verona quando o velho senhor Capuleto arranjou um casamento para Julieta. O marido que escolhera para ela, sem sequer sonhar que já era casada, era o conde Páris, um cavalheiro garboso, jovem e nobre, que não desagradaria a Julieta, se ela nunca tivesse visto Romeu.

Julieta, aterrorizada, ficou perplexa ao ouvir a proposta do pai. Para dissuadi-lo, alegou que era jovem demais para o casamento, que a morte recente de Tebaldo deixara seu espírito fraco demais para exibir um rosto alegre ao futuro marido, que seria muito indecoroso para a família dos Capuletos celebrar uma festa nupcial quando as cerimônias fúnebres do primo mal tinham terminado. Usou todos os motivos contra aquele arranjo, menos o verdadeiro, isto é, que já era casada. Mas o senhor Capuleto não deu ouvidos a nenhuma daquelas desculpas e, com toda a autoridade, ordenou-lhe que se preparasse, pois na próxima quinta-feira ela se casaria com Páris. Afinal, tendo encontrado para Julieta um marido rico, jovem e nobre, que até a mais orgulhosa donzela de Verona aceitaria de bom grado, o pai não ia tolerar que por causa de um recato fingido (como ele interpretava a recusa dela) ela opusesse obstáculos à sua própria boa sorte.

Em tal angústia, Julieta recorreu ao frade amigo, seu conselheiro de sempre no infortúnio. Este lhe perguntou se ela teria coragem de tomar uma medida desesperada, ao que Julieta respondeu que preferia ser enterrada viva a casar-se com Páris, já que seu legítimo marido ainda vivia. Frei Lourenço, então, disse à jovem que voltasse para casa, que aparentasse estar alegre e desse seu consentimento em se casar com Páris, conforme o desejo do pai. Na noite seguinte, que seria a anterior ao casamento, ela deveria beber o conteúdo de um frasco, que ele lhe entregou. O efeito daquela bebida era fazer com que ela, por quarenta e duas horas, parecesse estar morta. Assim, quando o noivo viesse buscá-la pela manhã, iria encontrá-la com o semblante de um cadáver. Diante disso, ela seria levada, como era costume no país, num esquife descoberto para ser sepultada no mausoléu da família. Se Julieta conseguisse afastar os temores femininos e enfrentar aquela terrível provação, em quarenta e duas horas após ter ingerido o líquido (tão certo era o seu efeito), podia ter a certeza de que acordaria como que de um sonho. E, antes que ela despertasse, ele faria Romeu tomar conhecimento daquela trama, de modo a poder chegar no meio da noite e

levá-la consigo para Mântua. O amor, e o medo de se casar com Páris, deram à jovem Julieta força bastante para empreender aquela horrível aventura. Ela recebeu o frasco do padre, prometendo seguir suas instruções.

Saindo do mosteiro, Julieta encontrou o jovem conde Páris e, fingindo-se de recatada, prometeu tornar-se sua noiva. Eram ótimas notícias para o senhor e a senhora Capuleto. O velho nobre parecia ter recebido uma injeção de juventude. E Julieta, que lhe desagradara extremamente ao rejeitar o casamento com o conde, era agora de novo a sua adorada filha, uma vez que prometera ser obediente. Toda a casa se alvoroçou por causa da proximidade das núpcias. Nenhuma despesa deixou de ser feita para que se preparasse um festival tão jubiloso como Verona jamais testemunhara antes.

Na noite da quarta-feira, Julieta tomou a poção. Tinha muitas desconfianças no espírito: e se o frade, para escapar da culpa que podiam lhe lançar de tê-la casado com Romeu, tivesse dado a ela um veneno? Mas ele sempre fora conhecido como um santo homem... E se ela despertasse antes da hora em que Romeu viesse buscá-la? E o terror daquele lugar, um mausoléu cheio de ossos de Capuletos, onde Tebaldo, todo ensanguentado, jazia intumescido em sua mortalha? De repente, ela se lembrou de todas as histórias que tinha ouvido sobre espíritos que assombram os lugares onde seus corpos foram depositados... Mas logo seu amor por Romeu e sua aversão a Páris voltaram à tona, e ela, desesperada, engoliu a droga e perdeu os sentidos.

Quando o jovem Páris chegou, cedo pela manhã, rodeado de músicos para despertar sua noiva, em vez de uma Julieta viva, o quarto apresentava o terrível espetáculo da morte. Que golpe fatal em suas esperanças! Que confusão se apoderou de toda a casa! O pobre Páris a lamentar por sua noiva, de quem a detestável morte o privara, divorciando-os mesmo antes que suas mãos se unissem. Mas ainda mais doloroso era ouvir os lamentos do senhor e da senhora Capuleto, que só tinham aquela única filha, aquela pobre adorada, para alegrá-los e confortá-los. A morte cruel a arrancara de suas vistas, justo quando aqueles pais zelosos estavam prestes a vê-la tornar-se adulta (como supunham) graças a um casamento promissor e vantajoso. Tudo o que se tinha preparado para a festa servia agora para aquele negro funeral. A música era um dobre de finados, o banquete nupcial se transformou em banquete fúnebre, os hinos solenes, em cantos de dor. As flores do noivado serviam agora para adornar um caixão, e todas as coisas passaram a ter um sentido contrário.

As más notícias, que sempre viajam mais depressa que as boas, agora levavam até Romeu, em Mântua, a dolorosa história da morte de sua Julieta, antes que pudesse chegar o mensageiro enviado por frei Lourenço para avisar que aquele era um funeral de mentira e somente uma sombra e uma pantomima da morte. Que sua querida esposa jazia no túmulo só por algumas horas, à espera de que Romeu viesse libertá-la daquela morada lúgubre.

Pouco antes, Romeu estivera inusitadamente alegre e despreocupado. Tinha sonhado à noite que estava morto (estranho sonho aquele, que dava a um cadáver condições de pensar) e que sua amada chegava e o encontrava morto e insuflava tanta vida em seus lábios com seus beijos que ele ressuscitava e se tornava um imperador! E no momento em que chegava um mensageiro de Verona, ele estava certo de que era para dar alguma boa notícia que seus sonhos tinham prenunciado. Mas quando se confirmou o contrário daquela visão lisonjeira, pois de fato quem estava morta era sua amada, a quem ele não poderia ressuscitar com beijos, mandou logo aparelhar cavalos, pois estava determinado a visitar Verona aquela noite e ver sua querida no túmulo. E como a insensatez é rápida para entrar nos pensamentos dos desesperados, ele se lembrou de um pobre boticário, por cuja loja em Mântua passara poucos dias antes. Pela aparência maltrapilha do homem, que parecia morto de fome, e pelo aspecto miserável de sua botica, repleta de caixas vazias dispostas em prateleiras imundas, e outros sinais de extrema pobreza, Romeu tinha pensado naquele momento (talvez tomado de alguma suspeita de que sua própria vida desastrosa pudesse terminar de modo tão desesperado): "Se um homem precisasse de algum veneno, cuja venda a lei de Mântua pune com a morte, decerto aqui vive o miserável que poderia vendê-lo". Aquelas palavras agora lhe voltavam à mente, e ele saiu à procura do boticário. Este, depois de fingir alguns escrúpulos, e diante do ouro que Romeu lhe oferecia e ao qual sua pobreza não podia resistir, vendeu-lhe um veneno que, segundo afirmou, ainda que quem o ingerisse tivesse a força de vinte homens, não tardaria a despachá-lo desta vida.

Com aquele veneno Romeu partiu rumo a Verona, para ter uma visão de sua amada Julieta no túmulo, com a intenção de, uma vez satisfeito esse desejo, ingerir a poção e ser sepultado ao lado dela. Chegou a Verona à meia-noite e encontrou o cemitério, no meio do qual se situava o antigo mausoléu dos Capuletos. Tinha conseguido uma lâmpada, uma enxada e um pé de cabra, e estava trabalhando para arrombar o monumento quando foi interrompido por uma voz que, chamando-o de *vil Montecchio*, lhe ordenou que suspendesse aquela ação infame. Era o jovem conde Páris, que viera à tumba de Julieta àquela hora insensata da noite para lançar flores e chorar sobre o túmulo daquela que deveria ter sido sua noiva. Ele não fazia ideia do interesse que Romeu poderia ter naqueles mortos, mas sabendo que era um Montecchio e (como supôs) um inimigo jurado de todos os Capuletos, julgou que aquele vinha de noite cometer alguma atrocidade vergonhosa contra os cadáveres. Portanto, num tom furioso, ordenou-lhe que desistisse e, por ser Romeu um criminoso, condenado pelas leis de Verona a morrer se fosse encontrado dentro dos muros da cidade, disse-lhe que teria de prendê-lo. Romeu instou com Páris para que o deixasse e advertiu-o, lembrando o destino de Tebaldo, que jazia sepultado ali, a não provocar sua ira para não lançar mais um pecado sobre sua cabeça, forçando-o a matá-lo também. Mas o conde, desdenhoso, repeliu aquele aviso e agarrou Romeu como se faz com um delinquente. O jovem Montecchio resistiu e eles lutaram até que Páris tombou.

Quando Romeu, com o auxílio de uma lâmpada, conseguiu ver o homem a quem tinha matado, descobriu que era Páris. Em seu caminho desde Mântua, fora informado de que aquele conde viria a tornar-se marido de Julieta.

Ele tomou o morto em seus braços, como alguém que o infortúnio tornou seu companheiro, e disse que o sepultaria num túmulo triunfal, isto é, o de Julieta, que ele agora abria. E lá estava sua amada, como um ser sobre o qual a morte não tem poder algum para mudar um traço ou a compleição da beleza sem par. Ou como se a morte, monstro esguio abominável, estivesse apaixonada, e a mantivesse ali para seu deleite. Pois Julieta estava deitada ainda fresca e viçosa, como se tivesse caído no sono ao tomar aquela poção entorpecente. E perto dela jazia Tebaldo em sua mortalha ensanguentada. Ao vê-lo, Romeu pediu perdão ao seu corpo sem vida e, por causa de Julieta, chamou-o de *primo*, e disse que estava prestes a lhe fazer o favor de tirar a vida de seu inimigo. Ali Romeu se despediu pela última vez dos lábios da amada, beijando-os. E ali também se livrou do fardo de seu destino infeliz ao ingerir o veneno que o boticário lhe vendera. Seu efeito foi fatal e verdadeiro, diferentemente da poção enganadora que Julieta tinha tomado e cujo efeito estava prestes a terminar. A jovem estava, então, a ponto de despertar para se queixar que Romeu não chegara a tempo ou que chegara cedo demais.

Sim, era a hora em que o frade prometera que ela despertaria. E tendo sido informado de que a mensagem que enviara a Mântua, por algum infeliz atraso do mensageiro, nunca tinha chegado até Romeu, frei Lourenço foi pessoalmente, munido de uma picareta e de uma lanterna, libertar a jovem de seu confinamento. Mas ficou espantado ao encontrar uma luz já acesa no mausoléu dos Capuletos e ao ver espadas e sangue ali perto, e Romeu e Páris caídos sem vida ao lado do monumento.

Antes que pudesse traçar uma conjectura, imaginar como aqueles acidentes fatais tinham ocorrido, Julieta acordou de seu transe. Ao ver o frade perto dela, lembrou-se do lugar onde estava e da razão de estar ali. Perguntou por Romeu, mas o frade, ouvindo um ruído, insistiu que ela abandonasse aquele antro de morte e de sono antinatural, pois um poder maior, que não poderiam contrariar, tinha distorcido suas intenções. E, amedrontado pelo som que ouvira, ele fugiu. Julieta, ao ver o frasco tão apertado entre as mãos de seu amor verdadeiro, imaginou que aquele veneno tinha sido a causa de sua morte. Ela tomaria os restos daquela poção, se tivesse sobrado alguma, e beijou os lábios de Romeu, ainda quentes, para saber se havia algum resíduo do veneno sobre eles. Então, ouvindo mais próximo um ruído de pessoas que chegavam, rapidamente desembainhou um punhal que trazia consigo e o enterrou em si mesma, morrendo ao lado de seu verdadeiro amor.

O vigia, àquela altura, tinha alcançado o local. Um pajem do conde Páris, que testemunhara a luta entre seu amo e Romeu, dera o alarme, que se espalhara pela cidade. Pessoas desciam e subiam as ruas de Verona exclamando, confusamente: "Páris! Romeu! Julieta!", enquanto rumores incertos chegavam até elas. O alarido tirou da cama o senhor Capuleto e o senhor Montecchio, e também o príncipe, que foram investigar as causas daquele distúrbio. O frade tinha sido preso por um dos vigias, vindo do cemitério, tremendo, suspirando e chorando, de modo muito suspeito. Uma grande multidão se reuniu em torno do mausoléu dos Capuletos. O príncipe exigiu que o frade dissesse tudo o que sabia daqueles acontecimentos estranhos e tenebrosos.

E ali, na presença dos velhos senhores Montecchio e Capuleto, ele relatou fielmente a história do amor fatal daquelas crianças, a parte que ele próprio tivera ao promover seu casamento, na esperança de que aquela união terminasse com as longas disputas entre as famílias. Contou de que modo Romeu, ali morto, era o marido de Julieta, e Julieta, ali morta, era a fiel esposa de Romeu. De que modo outro casamento fora arranjado para Julieta, antes que ele tivesse chance de divulgar que ela já era casada. Como foi que Julieta, para escapar ao crime de um segundo casamento, ingeriu a droga entorpecente (a conselho dele) e todos a acreditaram morta. Como, enquanto isso, ele tinha escrito a Romeu para que viesse e apanhasse Julieta depois que o efeito da poção tivesse passado, e por que infeliz desastre do mensageiro as cartas nunca tinham chegado até Romeu. Nesse ponto se interrompia o que o frade conhecia da história. Também não sabia por que, vindo ele mesmo livrar Julieta daquele antro de morte, tinha encontrado o conde Páris e Romeu assassinados.

O restante dos acontecimentos foi relatado pelo pajem que tinha visto Páris e Romeu lutar, e pelo servo que viera com Romeu de Verona. Com este servo o fiel amante tinha deixado uma carta a ser entregue a seu pai, caso viesse a morrer. A carta confirmava as palavras do frade, confessava seu casamento com Julieta e implorava o perdão de seus pais. Também revelava a compra do veneno do pobre boticário e sua intenção de ir até o mausoléu para morrer ao lado de Julieta. Todas essas circunstâncias agiram juntas para livrar frei Lourenço de qualquer participação que lhe pudessem suspeitar naquela complicada mortandade, além das consequências imprevistas de seus planos, bem-intencionados, é verdade, mas artificiais e sutis demais.

O príncipe, voltando-se para aqueles velhos nobres, Montecchio e Capuleto, repreendeu-os por sua inimizade brutal e irracional, e mostrou-lhes o castigo que os céus tinham lançado sobre aqueles pecados, encontrando um modo de punir aquele ódio antinatural por meio do amor de seus filhos. E aqueles velhos rivais, já não mais inimigos, concordaram em enterrar sua longa disputa nos túmulos de seus filhos. O senhor Capuleto pediu ao senhor Montecchio que lhe estendesse a mão, chamando-o de *irmão*, como que reconhecendo a união de suas famílias por meio do casamento dos jovens Montecchio e Capuleto, e dizendo que a mão do senhor Montecchio (em sinal de reconciliação) era tudo o que ele pedia como dote pela filha. Mas o senhor Montecchio disse-lhe que faria mais que isso, pois mandaria erguer uma estátua de Julieta de ouro puro, de modo que, enquanto Verona fosse conhecida por este nome, não houvesse imagem alguma à qual se prestasse maior veneração do que à da leal e fiel Julieta. O senhor Capuleto, por seu turno, disse que mandaria esculpir outra estátua de igual esplendor para Romeu.

Foi assim que aqueles dois tristes senhores se esforçaram, quando já era tarde demais, por rivalizar em gentilezas recíprocas. Afinal, tão mortal tinha sido sua raiva e sua inimizade no passado que nada senão a dolorosa destruição de seus filhos (pobres sacrifícios às suas querelas e disputas) poderia remover os ódios enraizados e as invejas de suas nobres famílias.

A megera domada

Catarina, a Megera, era a filha mais velha de Batista, um rico cavalheiro de Pádua. Era uma moça de índole tão incontrolável e de temperamento tão furioso, uma resmungona tão estridente, que se tornara conhecida em Pádua pelo nome de Catarina, a Megera. Parecia muito improvável, aliás impossível, que algum dia surgisse um cavalheiro que se aventurasse a casar com aquela moça. Por causa disso, muitos censuravam Batista por adiar seu consentimento a tantos pedidos excelentes que eram feitos à filha mais nova, a gentil Bianca. O pai descartava todos os pretendentes de Bianca com a alegação de que somente quando se desembaraçasse totalmente da filha mais velha é que eles estariam livres para cortejar a mais jovem.

Ocorreu, porém, que um cavalheiro chamado Petrúcio veio a Pádua com o propósito único de buscar uma esposa. Não se deixando desestimular pela má fama do temperamento de Catarina, e ouvindo dizer que era rica e formosa, decidiu casar com aquela rabugenta e domá-la até que se tornasse uma esposa dócil e submissa. Realmente, ninguém era mais adequado do que Petrúcio para empreender esse trabalho de Hércules: seu espírito era tão exaltado quanto o de Catarina, e era um humorista ferino e jovial. Além disso, tão esperto e dono de um discernimento tão seguro que sabia muito bem como fingir um comportamento alterado e furioso, quando seu espírito estava tão calmo que ele mesmo poderia rir gostosamente de seu próprio fingimento enraivecido. Por inclinação natural, era tranquilo e afável. Os modos impetuosos que assumiria ao se tornar marido de Catarina não passavam de gracejo ou, melhor dizendo, eram devidos ao excelente raciocínio de que eram o único meio de superar, à sua própria maneira, os modos exaltados da furiosa Catarina.

Assim, Petrúcio foi fazer a corte a Catarina, a Megera. Antes de tudo, pediu a Batista, pai dela, que lhe permitisse cortejar sua *meiga filha* Catarina, como Petrúcio a chamou, dizendo, com malícia, que ele, tendo ouvido falar de sua recatada timidez e brandas atitudes, tinha vindo de Verona para conquistar seu amor. O pai, embora desejasse casá-la, se viu obrigado a confessar que Catarina dificilmente corresponderia àquela descrição. Logo ficou claro de que tipo de meiguice ela era feita, pois seu professor de música precipitou-se sala adentro para se queixar de que a meiga Catarina, sua aluna, tinha-lhe partido a cabeça com seu alaúde só porque ele ousara insinuar que o desempenho dela não estava bom. Ao ouvir aquilo, Petrúcio disse:

– É uma brava jovem. Amo-a ainda mais que nunca, e anseio por ter uma conversa com ela.

Insistindo com o velho cavalheiro para que desse uma resposta positiva, Petrúcio afirmou:

— Meu assunto, senhor Batista, exige muita pressa; não poderei voltar todos os dias para fazer a corte. O senhor conheceu meu pai, que já morreu: sou o único herdeiro de seus bens e terras, que, em minhas mãos, longe de diminuírem, tomaram grande impulso. Diga-me, portanto: se eu conseguir o amor de sua filha, que dote ela trará no contrato?

Batista achou que aqueles modos eram um tanto rudes para um apaixonado. Mas, contente por conseguir casar Catarina, respondeu que daria a ela vinte mil coroas como dote, agora, e metade de suas terras, quando ele morresse. Assim, aquele estranho arranjo foi rapidamente acertado e Batista, depois de comparar sua filha rabugenta com aquele apaixonado ríspido, foi chamá-la para que Petrúcio lhe fizesse a corte.

Enquanto isso, Petrúcio combinava consigo mesmo o modo de cortejar que empregaria. E decidiu:

— Vou cortejá-la com algum espírito. Se me insultar, direi que ela canta como o rouxinol; se franzir o rosto, lhe direi que é límpida como a rósea manhã que o orvalho banha; se não disser palavra e ficar muda, farei elogios ao seu talento de expressar-se, afirmando que a eloquência dela é arrebatadora. Se me convidar a retirar-me, mostro-me agradecido, como se recebesse o convite de ficar junto dela uma semana.

Assim que a altiva Catarina entrou na sala, Petrúcio saudou-a:

— Boa tarde, Catinha, pois este é seu nome, pelo que ouvi.

Catarina, não gostando daquela saudação grosseira, disse, desdenhosa:

– Os que falam comigo me chamam de Catarina.

– Você está mentindo – retrucou o rapaz –, pois todo mundo chama você de Catinha, de Catinha, a boazinha, e às vezes de Catinha, a megera. Mas, Catinha, você é a mais linda Catinha do mundo, e por isso, Catinha, tendo ouvido louvores à sua meiguice por toda a cidade, vim até aqui cortejá-la para ser minha esposa.

Foi um namoro muito estranho o que eles tiveram. Ela, com impropérios gritados e raivosos, mostrava a ele por que tinha recebido o apelido de Megera, enquanto ele continuava a louvar suas palavras doces e corteses. Até que, por fim, ouvindo o pai dela chegar, Petrúcio disse (com a intenção de tornar aquela corte a mais rápida possível):

– Doce Catarina, deixemos de lado esta conversa inútil, pois seu pai já consentiu em que você se torne minha esposa, o dote já foi combinado, e, queira você ou não, vamos nos casar.

E, quando Batista apareceu, Petrúcio lhe disse que a filha o recebera gentilmente e que prometera casar com ele no próximo domingo. Catarina negou, dizendo que preferia vê-lo enforcado no domingo, e repreendeu o pai por querer casá-la com um rufião lunático como Petrúcio. Petrúcio insistiu com Batista para que não levasse em conta as palavras raivosas da filha, porque ambos tinham combinado que ela pareceria relutante na presença do pai, mas que quando estavam a sós ela tinha se mostrado muito carinhosa e meiga. E, virando-se para ela, Petrúcio disse:

– Dê-me sua mão, Catinha. Estou indo a Veneza para comprar um traje requintado para o dia de nosso casamento. Pai, organize a festa e distribua os convites. Eu me encarregarei de trazer as alianças, enfeites finos e belas roupas para que minha Catarina fique linda. Agora, Catinha, me beije, pois domingo já estaremos casados.

No domingo, todos os convidados estavam reunidos, mas tiveram de esperar muito até que Petrúcio chegasse, e Catarina chorava de vergonha ao pensar que ele tinha desejado apenas ridicularizá-la em público. No entanto, ele finalmente apareceu. Mas não trazia nada do rico enxoval que tinha prometido a Catarina, nem tampouco estava ele mesmo vestido como um noivo. Ao contrário, usava uns trajes esquisitos e desengonçados, pois pretendia se divertir um pouco com a seriedade da ocasião. E também seus criados, e até mesmo os cavalos que montavam, estavam arrumados do mesmo jeito, com roupas surradas e descombinadas.

Ninguém conseguiu convencer Petrúcio a trocar de roupa: disse que Catarina ia se casar com ele, e não com seus trajes. Percebendo que era inútil argumentar com ele, foram para a igreja, enquanto Petrúcio continuava a se comportar de forma absurda. Ao perguntar-lhe o padre se ele aceitava a noiva por esposa, respondeu "Sim, pelo raio!", gritando de tal modo que, de medo, o sacerdote deixou cair o livro, e, ao abaixar-se para apanhá-lo, o noivo tresloucado deu-lhe tamanho murro que rolaram pelo chão padre e livro, livro e padre. E, durante toda a cerimônia, ele sapateava e gritava tanto que até mesmo a impertinente Catarina tremia toda de medo. Finda a cerimônia,

quando ainda estavam na igreja, Petrúcio mandou que trouxessem vinho, fez um brinde a todos os presentes e, antes de terminar sua taça, cuspiu o líquido no rosto do sacristão, dizendo que o pobre homem tinha a barba tão rala e parecia tão faminto que ele resolveu lhe dar um gole da bebida. Ninguém ali jamais tinha visto um casamento tão extravagante. Mas Petrúcio estava apenas fingindo ser rude, pois esta lhe parecia a melhor maneira de ter sucesso no plano que concebera para domar a megera com quem estava se casando.

Batista tinha providenciado um suntuoso banquete de núpcias, mas quando voltaram da igreja, Petrúcio, agarrando Catarina, declarou sua intenção de levar a mulher para casa naquele mesmo instante. E nem os protestos do sogro nem as palavras raivosas da enfurecida Catarina puderam fazê-lo mudar de ideia. Ele afirmou que era direito do marido dispor da mulher como bem lhe aprouvesse, e partiu às pressas levando Catarina – parecia tão decidido e insolente que ninguém se atreveu a tentar impedi-lo.

Petrúcio fez Catarina montar um cavalo esquálido e fraco, escolhido de propósito. Ele mesmo e os criados não tinham montarias melhores. Viajaram por caminhos íngremes e lamacentos, e cada vez que o cavalo de Catarina tropeçava, Petrúcio – como se fosse o homem mais apaixonado do mundo – praguejava e gritava com o pobre animal exausto, que mal conseguia transportar seu fardo.

Por fim, depois de uma viagem extenuante, durante a qual Catarina não ouviu outra coisa senão os urros enfurecidos que Petrúcio lançava aos criados e aos cavalos, eles chegaram em casa. Petrúcio deu as boas-vindas à mulher em sua nova morada, mas estava decidido a não deixar que ela descansasse nem comesse nada aquela noite. As mesas estavam postas e a ceia, servida. Mas Petrúcio, fingindo encontrar um defeito em cada prato, atirou a comida toda no chão e mandou que os criados limpassem tudo. E isso ele fazia (segundo suas próprias palavras) pelo amor de Catarina, para que ela não comesse um alimento que não estivesse bem apresentado. E quando Catarina, exausta e faminta, se retirou para descansar, ele encontrou os mesmos defeitos na cama, atirando os travesseiros e lençóis por todo o quarto, de modo que ela foi obrigada a se sentar numa cadeira. Ali, quando conseguia pegar no sono, era a todo momento acordada pela gritaria do marido, que bradava contra os criados por não terem sabido preparar o leito nupcial de sua mulher.

No dia seguinte, Petrúcio seguiu no mesmo ritmo, sempre dirigindo palavras carinhosas a Catarina, mas achando defeito em tudo o que era colocado diante dela para comer, atirando o desjejum no chão tal como tinha feito com a ceia. E, assim, Catarina, a insolente Catarina, não se acanhou em implorar aos criados que lhe trouxessem, em segredo, um bocado de comida. Mas, instruídos por Petrúcio, eles respondiam que não se atreveriam a lhe dar nada sem o conhecimento do patrão.

– Ah! – exclamou ela. – Foi para me fazer passar fome que ele se casou comigo? Os mendigos que batem à porta de meu pai sempre encontram o que comer. Mas eu, que nunca soube o que é suplicar por nada, estou aqui, fraca por falta de comida, tonta por falta de sono, mantida acordada por xingamentos, alimentada à base de gritos. E o que mais me ofende nessa história é que ele faz tudo isso em nome do amor mais perfeito, como se comer ou dormir fosse a morte para mim.

Foi interrompida em sua queixa pela entrada repentina de Petrúcio. Para que ela não morresse de fome, ele trazia uma pequena porção de comida. E disse a ela:

— Como está passando minha doce Catinha? Veja, meu amor, como sou atencioso. Eu mesmo preparei um prato para você. Estou certo de que esta gentileza merece um agradecimento. Como? Nem uma palavra? Oh, então não aprecia a comida, e todo o trabalho que tive foi em vão.

Petrúcio, então, mandou que um criado levasse o prato embora. A fome extrema, que tinha abatido o orgulho de Catarina, levou-a a dizer, embora com ódio no coração:

— Deixe ficar a comida, por favor.

Mas isso não era tudo o que Petrúcio queria levá-la a fazer. Por isso, disse:

— O menor dos serviços merece gratidão. Assim, terá de me agradecer antes de tocar na comida.

Diante disso, Catarina deixou escapar um relutante "Obrigada, senhor". Ele então permitiu que ela comesse um pouco, dizendo:

— Que isso faça bem ao seu meigo coração, Catinha. Coma devagar! E agora, meu doce amor, vamos voltar à casa de seu pai para nos divertirmos do modo mais animado possível, com os vestidos de seda, os chapéus, os anéis de ouro, os babados, os lenços, os leques e todas as nossas roupas requintadas.

E, para fazer Catarina acreditar que ele de fato pretendia lhe dar aquelas lindas coisas, Petrúcio entregou ao criado o prato em que ela comia, antes que tivesse saciado metade da fome, dizendo:

– Como assim? Já terminou de jantar?

E mandou entrar um costureiro e um chapeleiro, que trouxeram algumas roupas novas que ele encomendara para a mulher. O chapeleiro apresentou uma touca, dizendo:

– Aqui está a touca que Vossa Senhoria encomendou.

Imediatamente, Petrúcio começou a praguejar, dizendo que o molde daquela touca devia ter sido alguma sopeira, que não era maior do que um caramujo ou uma casca de noz, e que queria que o chapeleiro levasse aquilo embora para trazer uma maior. Mas Catarina disse:

– Ficarei com ela. Todas as senhoras delicadas usam toucas como esta.

– Quando *você* for delicada – retrucou Petrúcio –, poderá ter uma igual, mas não antes disso.

O alimento que Catarina tinha comido reavivara um pouco o seu ânimo abatido. Assim, ela disse:

– Senhor, creio que tenho permissão para falar, e vou falar. Não sou nenhuma criança, nenhum bebê. Gente melhor que o senhor já teve de ouvir meus desabafos. Se não quiser ouvir, tape os ouvidos, mas vou falar.

Ora, Petrúcio não ia deixá-la proferir nenhuma palavra enfurecida. Afinal, tinha descoberto um modo melhor de tratar a mulher do que entrar numa discussão com ela. Por isso, sua resposta foi:

– Tem razão! É uma touca abominável, e gosto ainda mais de você por não querer ficar com ela.

– Gostando ou não gostando de mim – replicou Catarina –, o que sei é que aprecio esta touca e vou ficar com ela, e com nenhuma outra.

– Então prefere ver os vestidos? – disse Petrúcio, fingindo novamente não ter entendido o que ela dizia. O costureiro então se adiantou e mostrou a Catarina um lindo vestido que fizera para ela. Petrúcio, que tinha planejado não dar a ela nenhuma touca, nenhum vestido, encontrou mil defeitos ali também.

– Meu Deus do céu! – exclamou ele. – Que tecido afinal é esse? O senhor chama isso de manga? Parece mais um canhão, cortado de cima a baixo como uma torta de maçã!

O costureiro respondeu que Petrúcio lhe pedira que fizesse o vestido de acordo com a moda, e Catarina afirmou

que nunca tinha visto um vestido com melhor caimento. Era tudo o que Petrúcio queria ouvir. Já tendo, em particular, assegurado que o costureiro e o chapeleiro fossem remunerados por seu trabalho e pedido desculpas pelo tratamento estranho que receberiam, ele expulsou os dois do quarto com palavras raivosas e gestos furiosos. Em seguida, voltando-se para Catarina, disse:

— Bem, querida Catinha, vamos ter de ir à casa de seu pai com esses mesmos trajes surrados que estamos usando.

Mandou, então, preparar os cavalos, afirmando que deveriam alcançar a casa de Batista à hora do jantar, pois ainda eram sete da manhã. Ora, na verdade não era mais de manhã, mas já bem passado do meio-dia, quando ele disse aquilo. Por isso, Catarina arriscou dizer, ainda que acanhadamente, já intimidada pela veemência do marido:

— Senhor, ouso afirmar que já são duas horas da tarde, de modo que nem a ceia conseguiremos alcançar lá chegando.

Mas Petrúcio tinha a intenção, antes de chegarem à casa do pai dela, de sujeitá-la completamente até que concordasse com qualquer coisa que ele viesse a dizer. Assim, como se fosse senhor do sol e pudesse mandar no tempo, declarou que as horas seriam as que ele quisesse que fossem. E completou:

— Qualquer coisa que eu diga ou faça, você logo trata de me contradizer. Por isso, não vamos mais hoje. E, quando eu quiser ir, as horas serão as que eu disser que forem.

No dia seguinte, Catarina foi obrigada a praticar sua recém-adquirida obediência, e somente quando tivesse trazido seu espírito orgulhoso a uma perfeita submissão, quando nem sequer ousasse lembrar que existia o verbo *contradizer*, é que Petrúcio permitiria que ela fosse à casa do pai. E mesmo quando, por fim, estavam a caminho de lá, ela correu o risco de ter de dar meia-volta somente porque insinuou que era o sol que estava brilhando ao meio- -dia, e não a lua, como Petrúcio afirmava.

— Pois pelo filho de meu pai, que sou eu mesmo, tem de ser lua ou estrela, ou o que eu quiser, antes de irmos à casa de seu pai. Recolham os cavalos! Contrariado de novo! Contrariado sempre e sempre!

Fez menção de voltar para casa. Mas Catarina, que já não era a megera, mas a esposa obediente, disse:

— Vamos seguir adiante, suplico-lhe, agora que já avançamos tanto, e será o sol ou a lua, ou o que o senhor quiser, e se preferir chamar de vela, para mim estará tudo bem.

Ele quis ver se a obediência era verdadeira e, por isso, tornou a falar:

— Eu digo que isso é a lua.

— Sem dúvida, é a lua — repetiu Catarina.

— Mentirosa — disse Petrúcio —, este é o abençoado sol.

— Então é o abençoado sol — repetiu ela. — Mas deixará de ser sol, se o senhor assim disser. O nome que o senhor lhe der, assim será chamado, e assim será para Catarina.

Com isso, ele permitiu que ela prosseguisse viagem. No entanto, querendo testar ainda mais fundo aquela disposição submissa, ele se dirigiu a um velho cavalheiro que encontraram na estrada como se este fosse uma mocinha, dizendo-lhe: "Bom dia, meiga senhorita", e perguntou a Catarina se algum dia ela já vira uma mocinha mais delicada, elogiando o rubor e a palidez das faces do ancião e comparando seus olhos a duas estrelas brilhantes. E, voltando-se de novo para o ancião:

– Linda e meiga donzela, mais uma vez eu lhe desejo um ótimo dia! – E dirigindo-se à mulher: – Doce Catinha, abrace esta jovem, por ser tão formosa.

Já totalmente vencida, Catarina logo adotou a opinião do marido e fez o seguinte discurso para o velho cavalheiro:

– Jovem botão de flor virginal, como é bela, elegante e meiga. Para onde está indo? Onde mora? Felizes os pais de uma criança tão adorável.

– O que é isso, Catinha? – perguntou Petrúcio. – Espero que não esteja louca. Este é um homem, velho e enrugado, murcho e pálido, e não uma mocinha, como você está dizendo que é.

E Catarina respondeu:

– Perdoe-me, senhor cavalheiro. O sol deve ter ofuscado minha visão, pois tudo o que olho me parece verde. Agora percebo que o senhor é um ancião venerável. Espero que me desculpe este triste mal-entendido.

– Perdoe, meu bom senhor – disse Petrúcio –, e conte-nos para onde está viajando. Ficaremos felizes de tê-lo em nossa companhia, se estiver indo na nossa direção.

O velho senhor respondeu:

– Belo moço, e a senhora, alegre dama, que bastante me espantou com seu cumprimento tão esquisito: chamo-me Vicêncio; moro em Pisa, e estou a caminho de Pádua, fazer visita a um filho que há muito não revejo.

Foi assim que Petrúcio soube que aquele senhor era o pai de Lucêncio, um jovem que ia se casar com Bianca, a filha mais nova de Batista. O velho ficou muito feliz ao saber que seu filho ia fazer um rico casamento. E todos viajaram alegremente juntos até chegarem à casa de Batista, onde muita gente tinha se reunido para celebrar o casamento de Bianca e Lucêncio. Batista cedera de bom-grado a mão da filha mais nova, já que tinha conseguido se desembaraçar de Catarina.

Quando entraram, Batista lhes deu as boas-vindas para a festa, onde estava presente também outro par de recém-casados.

Lucêncio, marido de Bianca, e Hortênsio, o outro recém-casado, não conseguiam evitar piadas maliciosas, que pareciam aludir ao caráter rabugento da mulher de Petrúcio. E aqueles noivos apaixonados pareciam extremamente felizes com o temperamento suave das damas que tinham escolhido, rindo de Petrúcio por sua escolha menos afortunada. Ele deu pouca importância aos gracejos deles até que as senhoras se retiraram depois do jantar. Foi aí que notou que o próprio Batista tinha se juntado às risadinhas sobre ele, pois, quando Petrúcio afirmou que sua mulher se provaria mais obediente que a dos outros, o pai de Catarina disse:

— Ora, meu filho Petrúcio, e é com tristeza que lhe digo: receio que a você coube a pior de todas as megeras.

— Bem – replicou Petrúcio –, eu digo que não. E para assegurar que digo a verdade, vamos cada um de nós mandar chamar sua esposa, e aquele cuja mulher for a mais obediente, e a primeira a comparecer ao ser chamada, ganhará um prêmio, que vamos estabelecer.

Os outros dois maridos concordaram, animados, pois tinham muita confiança em que suas gentis esposas se provariam mais obedientes do que a teimosa Catarina.

E propuseram um prêmio de vinte coroas. Mas Petrúcio disse, gaiatamente, que vinte coroas eram o que ele apostaria num falcão ou num cão de caça, mas para a esposa ele queria propor vinte vezes aquilo. Lucêncio e Hortênsio elevaram o prêmio para cem coroas. Lucêncio foi o primeiro, e mandou o criado dizer a Bianca que ele a estava chamando. Mas o criado voltou e disse:

– Senhor, minha senhora manda dizer que está ocupada e não pode vir.

– Como assim? – exclamou Petrúcio. – Ela diz que está ocupada e não pode vir? Isso é resposta de uma esposa?

Os outros riram dele e disseram que ele teria muita sorte se Catarina não mandasse uma mensagem pior. Foi então a vez de Hortênsio chamar a mulher, dizendo ao criado:

– Vá e peça a minha mulher que venha aqui.

– Oh! Pedir? – exclamou Petrúcio. – Assim é que ela não vem mesmo.

– Eu é que gostaria de ver sua esposa atendendo a algum pedido – comentou Hortênsio.

Mas logo o jovem marido empalideceu um pouco quando o criado voltou sem a mulher e lhe disse:

– Amo, minha senhora diz que o senhor deve estar fazendo alguma brincadeira, e por isso não vem. Se quiser vê-la, que o senhor vá até ela.

– Cada vez pior! – comentou Petrúcio. E, virando-se para seu criado: – Você aí, vá até sua senhora e diga-lhe que estou mandando que ela compareça em minha presença.

Os companheiros mal tiveram tempo de imaginar se ela obedeceria àquela convocação, quando Batista, espantadíssimo, exclamou:

– Ora, minha Nossa Senhora! Aí vem Catarina!

E ela entrou, dizendo mansamente:

– Qual a sua vontade, senhor, para mandar me chamar?

– Onde estão sua irmã e a mulher de Hortênsio? – perguntou Petrúcio.

– Estão conversando junto à lareira – respondeu ela.

– Vá lá e traga-as até aqui! – ordenou ele.

E Catarina se foi, sem nada dizer, para cumprir a ordem do marido.

– Eis aí um milagre! – exclamou Lucêncio.

– E é mesmo – comentou Hortênsio. – Só não sei o que ele anuncia.

– Anuncia alegria e paz – disse Petrúcio –, e amor e vida tranquila, e absoluta supremacia. Em suma, tudo o que é preciso para uma vida doce e feliz.

O pai de Catarina, cheio de contentamento ao ver a transformação da filha, disse:

– Ora, meu filho Petrúcio, que você seja muito feliz! Ganhou o prêmio, e eu acrescentarei outras vinte mil coroas ao dote, como se ela fosse uma outra filha, pois está tão mudada que é como se fosse outra.

– Pois quero ganhar este prêmio de modo ainda melhor – disse Petrúcio. – Vou lhes dar mais sinais da recém-criada virtude e obediência de Catarina.

Catarina agora entrava com as duas outras senhoras. Ele prosseguiu:

– Vejam como ela vem, trazendo suas esposas renitentes como que prisioneiras de sua persuasão feminina.

E, virando-se para a mulher:

– Catarina, essa touca não lhe cai bem. Arranque essa porcaria e pise nela com força.

Catarina no mesmo instante tirou a touca e jogou-a no chão.

– Meu Deus! – disse a mulher de Hortênsio. – Só voltarei a me queixar um dia quando tiver sido rebaixada a essa sujeição imbecil!

E Bianca também comentou:

– Fora! Fora com essa estúpida obediência!

Ao que seu marido reagiu:

– Eu bem gostaria que sua obediência fosse igualmente estúpida! A sabedoria de seu comportamento, cara Bianca, já me custou até agora cem coroas!

– Pois mais estúpido foi você – retrucou Bianca –, por ter apostado em mim.

– Catarina – disse Petrúcio –, encarrego você de dizer a essas senhoras teimosas quais são os seus deveres para com seus senhores e maridos.

E para a surpresa de todos os presentes, a megera reformada falou tão eloquentemente em louvor dos deveres de obediência da esposa que parecia ter aprendido tudo aquilo em sua rápida submissão à vontade de Petrúcio.

E Catarina mais uma vez se tornou famosa em Pádua, não como antes, Catarina, a Megera, mas como Catarina, a mais obediente e respeitosa esposa de toda Pádua.

A tempestade

Era uma vez uma ilha no meio do mar, cujos únicos habitantes eram um ancião, chamado Próspero, e sua filha Miranda, uma lindíssima jovem. Ela tinha chegado tão pequenina àquela ilha que não tinha lembrança de jamais ter visto outro rosto humano além do de seu pai.

Viviam numa caverna, ou cela, escavada na rocha, dividida em vários aposentos, um dos quais era o estúdio de Próspero. Ali ele guardava seus livros, que tratavam principalmente de magia, um estudo que, naqueles tempos, era muito apreciado pelos homens instruídos. Próspero descobriu que o conhecimento daquela arte era muito útil para ele. Aquela ilha, aonde fora lançado por um capricho do destino, tinha sido enfeitiçada por uma bruxa chamada Sicorax, que morrera ali pouco antes da chegada de Próspero. Graças a seus conhecimentos de magia, ele tinha libertado vários espíritos bons que Sicorax aprisionara no tronco de grandes árvores, porque haviam se recusado a cumprir suas ordens perversas. Esses espíritos benignos, depois disso, passaram a obedecer à vontade de Próspero. De todos eles, o principal era Ariel.

O pequeno e alegre gênio Ariel não tinha, em sua natureza, nada que pudesse causar o mal. No entanto, ele se divertia muito em atormentar um feio monstro chamado Calibã, do qual guardava rancor por ser o filho de sua velha inimiga Sicorax. Próspero tinha encontrado Calibã no meio da mata. Era uma coisa de aparência estranha, muito menos humano em sua forma do que um macaco. Próspero o levou consigo para sua cela e o ensinou a falar, e até estava disposto a tratá-lo com carinho, mas a natureza ruim de Calibã, herdada de sua mãe Sicorax, não deixava que ele aprendesse nada de bom ou de útil. Por isso, acabou sendo usado como escravo, para recolher lenha e fazer os serviços mais pesados. E Ariel tinha o encargo de forçá-lo a cumprir suas tarefas.

Quando Calibã se mostrava preguiçoso e descuidava do serviço, Ariel (que era invisível aos olhos de todas as criaturas, exceto aos de Próspero) se divertia em beliscá-lo, e às vezes o derrubava dentro do lamaçal. Ou então, tomando a forma de um macaco, fazia caretas para Calibã. Em seguida, mudando rapidamente sua forma para a de um porco-espinho, ficava saltitando no caminho de Calibã, que temia que os espinhos afiados do animal ferissem seus pés descalços. Com uma variedade de travessuras zombeteiras desse tipo, Ariel frequentemente atormentava Calibã, nas vezes em que ele descuidava do trabalho que Próspero lhe havia ordenado.

Tendo aqueles espíritos poderosos sob seu comando, Próspero podia, graças a eles, controlar os ventos e as ondas do mar. Por ordem sua, eles fizeram surgir uma violenta tempestade, no meio da qual, conforme Próspero mostrou à filha, um grande e belo navio lutava com as ondas furiosas que a todo momento ameaçavam engoli-lo. Ele disse a Miranda que a embarcação estava repleta de seres vivos iguais a eles.

— Oh, meu querido pai – disse ela. – Se, por sua arte, o senhor levantou essa tempestade terrível, tenha piedade do desespero daquelas criaturas. Veja! O navio será feito em pedaços. Pobres almas! Vão todos perecer. Se eu tivesse poder, faria o mar desaparecer debaixo da terra para que o bom navio não fosse destruído, com toda a sua preciosa carga de seres humanos.

— Não fique tão assustada, Miranda, minha filha – disse Próspero. – Nenhum dano será causado. Assim eu ordenei: que nenhuma pessoa a bordo sofra ferimento. O que fiz foi para o seu bem, querida criança. Você não sabe quem é, ou de onde vem, e menos ainda sobre mim, a não ser que sou seu pai e vivo nesta pobre caverna. Consegue recordar algum tempo anterior à sua chegada a esta cela? Creio que não, pois você não tinha mais do que três anos então.

— É claro que consigo – retrucou Miranda.

— E o que lembra? – perguntou Próspero. – Outra casa? Outras pessoas? Diga-me o que consegue recordar, criança.

— Parece-me algo assim como a recordação de um sonho. Mas não tive alguma vez quatro ou cinco mulheres que cuidavam de mim?

– Teve, sim, e muito mais – respondeu Próspero. – Como é possível que isso ainda viva em seu espírito? Lembra-se de como veio parar aqui?

– Não, senhor – respondeu Miranda –, não me lembro de nada mais.

– Doze anos atrás, Miranda – prosseguiu o pai –, eu era o duque de Milão, e você era uma princesa, e minha única herdeira. Eu tinha um irmão mais novo, chamado Antônio, em quem confiava para todas as coisas. Como eu era apaixonado pelo recolhimento e pelos estudos, deixava normalmente a administração dos negócios de Estado com ele, meu irmão traidor, como mais tarde se revelou. A chance que lhe dei de se tornar popular entre meus súditos despertou em sua natureza má a ambição orgulhosa de me despojar de meu ducado. E logo ele conseguiu isso, com a ajuda do rei de Nápoles, um soberano poderoso, que era meu inimigo.

– Por que motivo, então – perguntou Miranda –, eles não nos destruíram naquele momento?

– Minha criança – respondeu o pai –, eles não se atreveram, tão grande era o amor que meu povo me dedicava. Antônio nos levou a bordo de um navio, e quando estávamos a muitas léguas da costa, em alto-mar, ele nos obrigou a entrar num pequeno bote, sem equipamentos, sem vela nem mastro. E ali nos deixou para morrer, conforme pensou. Mas um caridoso nobre de minha corte, Gonçalo, que me tinha grande apreço, havia colocado no bote, às escondidas, água, provisões, roupas e alguns livros que me eram mais caros que meu ducado.

– Oh, meu pai – exclamou Miranda –, que estorvo devo ter sido para o senhor então!

– Não, meu amor... Você foi um pequeno anjo que me protegeu. Seus sorrisos inocentes me fizeram reagir contra meus infortúnios. Nosso alimento durou até desembarcarmos nesta ilha deserta. Desde então, meu maior prazer tem sido educá-la, Miranda, e você tem tirado muito bom proveito de meus ensinamentos.

– Que o céu lhe pague, querido pai – disse Miranda. – Agora, suplico que me diga: por que o senhor fez surgir esta tempestade?

– Pois saiba que, graças a esta tempestade, os meus inimigos, o rei de Nápoles e meu cruel irmão, estão encalhados nesta ilha.

Tendo assim falado, Próspero tocou delicadamente na filha com sua vara de condão e ela adormeceu. Naquele exato instante, o espírito Ariel se apresentava diante de seu mestre para fazer um relato da tempestade e de como ele se encarregara da tripulação do navio. Embora os espíritos fossem sempre invisíveis para Miranda, Próspero preferia que ela não o visse conversando com o ar vazio, o que decerto a deixaria inquieta.

– Então, meu bravo Ariel – disse Próspero –, como se saiu na tarefa que lhe dei?

Ariel fez uma vívida descrição da tempestade e do pavor dos marinheiros. Contou de que modo o filho do rei, Ferdinando, fora o primeiro a ser lançado ao mar, e como seu pai pensava ter perdido o querido herdeiro tragado pelas ondas.

– Mas ele está a salvo – disse Ariel –, num recanto da ilha, sentado com os braços cruzados, lamentando tristemente a perda do rei, seu pai, que ele julga estar afogado. Nem um só fio de seu cabelo sofreu dano, e suas vestes principescas, embora encharcadas pela água do mar, parecem mais reluzentes que antes.

– Este é o meu dedicado Ariel – disse Próspero. – Agora, traga-o aqui. Minha filha precisa ver esse jovem príncipe. Onde estão o rei e meu irmão?

– Quando parti, estavam à procura de Ferdinando, mas sem grandes esperanças de encontrá-lo, pois acreditam ter visto quando se afogou. Não falta ninguém da tripulação do navio, apesar de cada um acreditar ser o único que se salvou. E o navio, embora invisível para eles, está a salvo no porto.

– Ariel – retomou Próspero –, você cumpriu fielmente o seu encargo. Mas ainda há trabalho a fazer.

– Ainda há trabalho? – perguntou Ariel. – Deixe-me recordar-lhe, mestre, que o senhor me prometeu a liberdade. Suplico que se recorde de que lhe tenho prestado serviços muito dignos, nunca lhe menti, nunca cometi enganos, sempre o atendi sem queixas nem resmungos.

– Essa agora! – exclamou Próspero. – Por acaso não se lembra dos tormentos de que o livrei? Terá se esquecido da perversa bruxa Sicorax, curvada sob o peso da idade e da inveja? Vamos, diga: onde foi que ela nasceu?

– Na Argélia, senhor.

– Ah, sim? – retomou Próspero. – Tenho de lhe contar o que lhe aconteceu, pois parece que já não se lembra. Aquela feiticeira má, Sicorax, por suas bruxarias, terríveis demais para o entendimento humano, foi banida da Argélia e deixada nesta ilha pelos marinheiros. E, como você era um espírito delicado demais para cumprir as ordens malignas dela,

Sicorax o prendeu numa árvore, onde o encontrei gemendo. Lembra-se? Foi desse tormento que eu livrei você.

– Perdoe-me, senhor – disse Ariel, envergonhado por parecer ingrato. – Obedecerei às suas ordens.

– Faça isso – disse Próspero – e eu o libertarei.

Deu então instruções quanto ao que Ariel deveria fazer a seguir. E Ariel se foi diretamente aonde tinha deixado Ferdinando, e o encontrou ainda sentado na relva, com a mesma atitude melancólica.

– Oh, meu jovem fidalgo – disse Ariel ao vê-lo. – Eu vou comovê-lo. Tenho de levá-lo, parece, para que a senhorita Miranda possa contemplar sua linda figura. Venha, senhor, siga-me.

E então começou a cantar:

> Teu pai jaz a cinco braças.
> Seus ossos são de coral,
> seus olhos, pérolas baças.
> Tudo nele é sempre igual,
> mas em algo inusitado
> o mar torna o naufragado.
> O sino das ninfas soa:
> ouve o *dindondim* que ecoa!

Aquelas estranhas notícias sobre o pai perdido fizeram o príncipe sair do estado de torpor em que tinha submergido. Seguiu, assombrado, o som da voz de Ariel, e este o conduziu até Próspero e Miranda, que estavam sentados à sombra de uma grande árvore. Ora, Miranda nunca tinha visto um homem antes, a não ser o próprio pai.

— Miranda — disse o pai —, diga-me o que está vendo lá adiante.

— Oh, meu pai — exclamou a jovem, numa surpresa estranha. — Certamente é um espírito. Meu Deus! Que belas formas tem! Acredite-me, pai, é uma linda criatura. Não é um espírito?

— Não, criança — respondeu o pai. — Ele come, dorme e tem os mesmos sentidos que nós. Esse jovem que você vê agora estava no navio. Parece um tanto alterado pelo sofrimento; não fosse isso, você diria que se trata de uma bela pessoa. Ele perdeu os companheiros e está vagando à procura deles.

Miranda, que achava que todos os homens tinham rosto grave e barba grisalha como o pai, ficou maravilhada com o aspecto daquele belo jovem príncipe. E Ferdinando, vendo uma donzela tão adorável naquele lugar deserto, e por causa dos estranhos sons que ouvira, só podia esperar por outros prodígios. Assim, supôs que estava numa ilha encantada e que Miranda era a deusa do lugar. Por isso, ao vê-la, tratou de perguntar-lhe se era, de fato, um ser divino.

Miranda, tímida, respondeu que não era deusa, mas uma simples mulher, e estava a ponto de lhe dizer tudo a seu próprio respeito, quando Próspero a interrompeu. Ele estava muito contente ao ver que o rapaz e a moça se admiravam um ao outro, pois percebera imediatamente que os dois tinham se apaixonado à primeira vista. No entanto, para testar a fidelidade de Ferdinando, decidiu colocar alguns obstáculos no caminho daquele amor. Assim, dando um passo à frente, dirigiu-se ao príncipe em tom áspero, acusando-o de ter vindo à ilha como espião, para tirá-la de Próspero, que era seu mestre e senhor.

— Siga-me — disse Próspero —, vou acorrentá-lo, do pescoço aos pés. Só beberá água do mar, e seu alimento serão mexilhões, raízes ressequidas e a casca das bolotas de carvalho.

— Não — disse Ferdinando. — Resistirei a esse tratamento até que meu inimigo me domine — e desembainhou a espada.

Mas Próspero, vibrando sua vara de condão, imobilizou-o no lugar onde estava, de modo que Ferdinando não conseguia se mover. Miranda se agarrou ao pai, dizendo:

— Por que está sendo tão rude? Tenha piedade, meu pai. Eu serei sua fiadora. Este é o segundo homem que já vi na vida, mas eu o considero um homem verdadeiro.

– Silêncio – disse o pai. – Mais uma palavra e terei de repreender você, menina! Ora essa! Uma advogada para um impostor! Pensa que não existem homens melhores do que este porque nunca viu outros a não ser ele e Calibã. Pois eu lhe digo, criança tola, a maioria dos homens é melhor do que este, tanto quanto este é melhor que Calibã.

Assim ele falava para testar a fidelidade da filha. E o que ela disse foi:

– Meus sentimentos, então, são os mais humildes, porque não desejo ver ninguém mais belo do que ele.

– Venha, rapaz – disse Próspero ao príncipe –, você não tem como desobedecer.

– De fato, não tenho – replicou Ferdinando. Sem saber que era por magia que estava privado do poder de resistir, ficou muito espantado ao se ver tão estranhamente impelido a acompanhar Próspero. Olhando para trás para ver Miranda à medida que se afastava, o príncipe comentou, enquanto entravam na caverna de Próspero:

– Meu espírito está acorrentado, como se eu estivesse num sonho. Mas as ameaças deste homem e a fraqueza que sinto não me causariam nenhuma dor se, da minha prisão, eu pudesse contemplar pelo menos uma vez por dia aquela linda donzela.

Próspero não manteve Ferdinando confinado por muito tempo na cela. Logo levou o prisioneiro para fora e lhe indicou uma dura tarefa a executar, tomando o cuidado de fazer com que a filha se inteirasse do rude encargo que impusera ao príncipe. Em seguida, fingindo retirar-se para seu estúdio, ficou secretamente observando os dois jovens.

Próspero tinha ordenado a Ferdinando que empilhasse algumas pesadas toras de madeira. Como os filhos de reis não estão habituados ao trabalho duro, Miranda logo encontrou seu amado quase morto de cansaço.

– Oh, por favor! – exclamou ela. – Não se esforce tanto. Meu pai está estudando, não vai aparecer nas próximas três horas. Suplico-lhe que descanse.

– Oh, minha querida senhora – respondeu Ferdinando. – Não ouso. Tenho de acabar minha tarefa antes de poder descansar.

– Faça a bondade de se sentar – disse Miranda –, eu carregarei a lenha enquanto isso.

Mas Ferdinando de modo algum permitiria aquilo. Em vez de um auxílio, Miranda se tornou um embaraço, pois começaram uma longa conversa, de modo que o trabalho de transporte da lenha se desenrolou muito lentamente.

Próspero, que impusera aquele serviço a Ferdinando apenas para testar seu amor, não estava ocupado com os livros, como supunha a filha, mas permanecia de pé, invisível, junto deles, para escutar o que diziam.

Ferdinando pediu a ela que dissesse seu nome, o que ela fez, dizendo que era contra a vontade do pai que o fazia. Próspero apenas sorriu àquela primeira prova da desobediência de Miranda, pois tendo levado a filha, por meio da magia, a se apaixonar, não podia se aborrecer ao ver que, para provar seu amor, ela se esquecia de obedecer às ordens do pai. Este ouviu com grande prazer um longo discurso de Ferdinando, no qual ele professava amar Miranda acima de todas as mulheres que já tinha conhecido.

Em resposta aos elogios à sua beleza, que ele dizia superar a de todas as mulheres do mundo, Miranda disse:

– Não me recordo do rosto de nenhuma mulher, nem jamais vi outro homem a não ser você, meu querido amigo, e o meu amado pai. Como são os rostos lá fora, eu não sei. Mas, acredite-me, não desejo nenhum outro companheiro no mundo a não ser você. Tampouco minha imaginação pode conceber outra forma que eu possa apreciar que não a sua. Mas receio estar falando com demasiada liberdade, esquecendo as recomendações de meu pai.

Próspero de novo sorriu e meneou a cabeça, como se dissesse: "Está indo exatamente como eu desejava. Minha filha será rainha de Nápoles".

Ferdinando, então, num outro longo e saboroso discurso (pois os príncipes sempre falam de modo elegante), contou à inocente Miranda que era herdeiro da coroa de Nápoles e que ela deveria ser sua rainha.

– Oh, senhor! – exclamou a jovem. – Sou uma tola que chora quando está feliz. Vou responder-lhe com a mais simples e santa inocência: serei sua esposa se comigo se casar.

Próspero, surgindo na frente deles, impediu que Ferdinando agradecesse aquelas palavras.

– Nada tema, minha filha – disse ele. – Ouvi e aprovo tudo o que você disse. E, Ferdinando, se fui muito severo com você, vou agora lhe dar ricas recompensas, concedendo-lhe a mão de minha filha. Todas as suas humilhações foram apenas testes para o seu amor, e você enfrentou as provas com nobreza. Assim, como prêmio, prêmio que seu amor verdadeiro conquistou dignamente, tome minha filha, e não ria ao me ouvir gabar que ela está acima de todo elogio.

Em seguida, dizendo aos dois que tinha negócios a tratar, permitiu que eles se sentassem e conversassem até ele voltar. Era uma ordem que Miranda não pareceu nem um pouco disposta a desobedecer.

Ao deixá-los a sós, Próspero chamou o espírito Ariel, que logo apareceu à sua frente, ansioso por relatar o que tinha feito com o irmão de Próspero e o rei de Nápoles. Ariel contou que os tinha deixado quase loucos de medo, por causa das estranhas coisas que lhes fizera ver e ouvir. Quando estavam exaustos de perambular e esfomeados por falta de alimento, Ariel subitamente fez surgir diante deles um delicioso banquete. Mas, assim que iam devorá-lo, ele apareceu na frente deles na forma de uma harpia, um voraz monstro com asas, e o banquete desapareceu. Então, para espanto ainda maior dos náufragos, aquela suposta harpia lhes falou, recordando-lhes sua crueldade ao usurpar o ducado de Próspero e ao deixá-lo com a filha pequena à deriva no mar para morrer. E era por isso que aqueles horrores estavam se abatendo sobre eles agora.

O rei de Nápoles e Antônio, o irmão traidor, se arrependeram da injustiça que tinham praticado contra Próspero. E Ariel disse a seu mestre que estava seguro de que aquela penitência era sincera e que ele, embora não passasse de um espírito, só podia se apiedar daquela gente.

– Então, Ariel, traga-os aqui – disse Próspero. – Se você, que não passa de um espírito, lamenta o sofrimento deles, não deveria eu também, que sou humano como eles, ter compaixão? Traga-os depressa, meu prestimoso Ariel.

Ariel logo voltou com o rei, Antônio e o velho Gonçalo atrás deles. Gonçalo os seguira, admirado com a estranha música que Ariel entoava no ar para atraí-los à presença de seu mestre. Esse Gonçalo era o mesmo que tão generosamente escondera os livros e as provisões para Próspero quando o perverso irmão o deixara, como Gonçalo imaginou, para morrer num bote em alto-mar.

A aflição e o terror tinham entorpecido de tal modo seus sentidos, que eles, a princípio, não reconheceram Próspero. Este se revelou primeiramente ao velho e bom Gonçalo, chamando-o de salvador de sua vida. E logo o irmão e o rei souberam que aquele era o injustiçado Próspero.

Antônio, com lágrimas e palavras sofridas de arrependimento verdadeiro, implorou que o irmão o perdoasse, enquanto o rei expressava seu sincero remorso por ter ajudado Antônio a depor Próspero.

Próspero os perdoou e, diante do compromisso de ter seu ducado restituído, disse ao rei de Nápoles:

– Também reservei um presente para o senhor.

E, abrindo uma porta, mostrou ao rei seu filho Ferdinando, que jogava xadrez com Miranda. Nada poderia superar a alegria de pai e filho diante daquele encontro inesperado, pois cada um imaginava que o outro se afogara na tempestade.

– Oh! Que milagre! Que soberbas criaturas aqui vieram! – exclamou Miranda. – Admirável mundo novo o que tem tais habitantes!

O rei de Nápoles estava quase tão deslumbrado com a beleza e a graça extraordinária da jovem Miranda quanto seu filho estivera.

– Quem é esta jovem? – perguntou. – Ela parece a deusa que nos separou e voltou a nos reunir.

– Não, senhor – respondeu Ferdinando, sorrindo ao ver que o pai tinha cometido o mesmo engano que ele ao ver Miranda pela primeira vez. – Ela é mortal, mas, pela imortal Providência, será minha esposa. Eu a escolhi quando não pude pedir-lhe, meu pai, seu consentimento, nem imaginar que estivesse vivo. Ela é a filha de Próspero, o famoso duque de Milão, de cuja fama tanto tenho ouvido, mas a quem não tinha visto até agora. Dele recebi uma vida nova. Ele se tornou para mim um segundo pai ao me entregar esta querida donzela.

– Então devo ser o segundo pai dela – disse o rei. – Mas como soa estranho ter de pedir perdão à minha própria filha.

– Basta disso – reagiu Próspero. – Vamos esquecer nossos problemas passados, já que terminaram de modo tão feliz.

E Próspero abraçou o irmão e voltou a lhe assegurar seu perdão. Disse que a sábia e todo-poderosa Providência permitira que ele fosse despojado de seu pobre ducado de Milão para que sua filha pudesse receber a coroa de Nápoles, uma vez que por causa daquele encontro na ilha deserta o filho do rei se apaixonara por Miranda.

Aquelas palavras gentis, pronunciadas por Próspero com a intenção de confortar o irmão, causaram a Antônio tanta vergonha e remorso que ele se emocionou a ponto de não conseguir falar. E o generoso Gonçalo chorava ao ver aquela jubilosa reconciliação, suplicando bênçãos para o jovem casal.

Próspero lhes disse então que o navio estava a salvo no ancoradouro, com os marinheiros todos a bordo, e que ele e a filha os acompanhariam de volta para casa na manhã seguinte.

– Enquanto isso – disse ele –, partilhem da refeição que minha pobre caverna lhes oferece. E para entretê-los à noite contarei a história de minha vida desde o dia em que desembarquei nesta ilha deserta.

Mandou então chamar Calibã para que preparasse a comida e pusesse a caverna em ordem. E os visitantes ficaram espantados com a forma tosca e a aparência selvagem daquele monstro horrível, que era (nas palavras de Próspero) o único serviçal com que ele podia contar.

Antes de abandonar a ilha, Próspero libertou Ariel de seu serviço, para grande alegria do pequeno espírito irrequieto. Embora sempre tivesse sido fiel a seu mestre, Ariel há muito ansiava por gozar de sua plena liberdade, para vagar solto pelo ar, como um pássaro sem rumo, sob as verdes árvores, entre os frutos agradáveis e as flores perfumadas.

– Meu gracioso Ariel – disse Próspero ao pequeno gênio ao torná-lo livre. – Sentirei sua falta, mas você tem de ser dono de sua liberdade.

– Obrigado, querido mestre – disse Ariel –, mas permita que eu acompanhe seu navio até o seu destino com brisas prósperas, antes que o senhor se despeça do auxílio de seu pequeno gênio fiel. Depois disso, mestre, quando estiver livre, como viverei feliz!

E Ariel entoou esta bela cantiga:

Como as abelhas volito
em busca do mel bendito.
Numa corola dormito,
quando o mocho solta o grito.
Meu cavalinho bonito
– um morcego – sempre incito
a ter o verão bem fito.
Vou viver, vou viver alegremente
sob os ramos da selva florescente.

Próspero em seguida enterrou bem fundo no solo seus livros mágicos e sua vara de condão, pois tinha decidido nunca mais fazer uso da magia. E, tendo assim sobrepujado seus inimigos e se reconciliado com seu irmão e com o rei de Nápoles, nada mais faltava para completar sua felicidade a não ser revisitar sua terra natal, tomar posse de seu ducado e testemunhar as bodas felizes de sua filha com o príncipe Ferdinando. Bodas que o rei disse que mandaria celebrar imediatamente, com grande esplendor, assim que retornassem a Nápoles. E a Nápoles eles logo chegaram, sob a escolta do gênio Ariel, após uma agradável travessia.

Quero mais

As histórias acabaram... Mas não feche o livro ainda! Nas próximas páginas, você descobrirá uma porção de coisas interessantes sobre os lugares mágicos deste livro.

Você já tinha ouvido falar de Shakespeare (pronuncia-se *xeiquispir*)? Ele foi um artista genial, autor de várias peças de teatro que marcaram profundamente a humanidade.

A seguir, você conhecerá um pouco de sua vida.

E mais: informações importantes e curiosidades sobre as histórias que você acabou de ler e sobre quem as adaptou para este livro.

Quem bolou essas histórias?

William Shakespeare nasceu em 1564, numa pequena cidade inglesa chamada Stratford-on-Avon. Não existem muitos registros sobre sua infância, mas sabe-se que estudou latim e grego na escola.

Aos 18 anos, se casou. Sua mulher, Anna Hathaway, vinha de uma rica família de agricultores. Juntos, tiveram três filhos. No entanto, a vida como pai de família não durou muito para Shakespeare. Com cerca de 25 anos, ele deixou a esposa e as crianças, partindo sozinho para Londres.

Sua chegada à capital inglesa é cercada de mistério. Ninguém sabe ao certo o que ele fazia antes de se tornar ator e dramaturgo. Existem rumores de que fora marinheiro e professor primário. Outra lenda conta ainda que ele trabalhou como guardador de cavalos em frente aos teatros da cidade.

Sua trajetória só começou a ser registrada em 1591, quando terminou sua primeira obra, o drama histórico *Henrique VI*. A partir de então, escreveu incansavelmente, ganhando fama e fortuna, além do prestígio com a corte britânica, para qual preparava encenações especiais.

Depois de anos de aplausos, Shakespeare deixou Londres em 1613 e retornou a Stratford, onde passou seus últimos dias. Morreu em 1616, aos 52 anos.

Você sabia?
Dramaturgo (ou dramatista) é como chamamos quem escreve peças de teatro.

> *"Ele não era de uma época, mas de todos os tempos."*
> **Ben Jonson** (1572-1637),
> poeta inglês

Eterna atualidade

Não há dúvida de que William Shakespeare foi um dos maiores gênios da nossa história. Seu trabalho emociona o mundo há mais de 400 anos, sendo fonte inesgotável de adaptações para diversos ramos da arte.

Como esse sucesso pode durar tanto? A maior vantagem da obra de Shakespeare é agradar a todas as plateias, encontrando êxito seja com uma tragédia banhada em sangue ou uma leve comédia romântica. Em diálogos deliciosos, seus personagens descrevem com perfeição a natureza do homem, independente da época em que ele vive. Assim, suas peças conseguem sobreviver ao tempo sem nenhum arranhão.

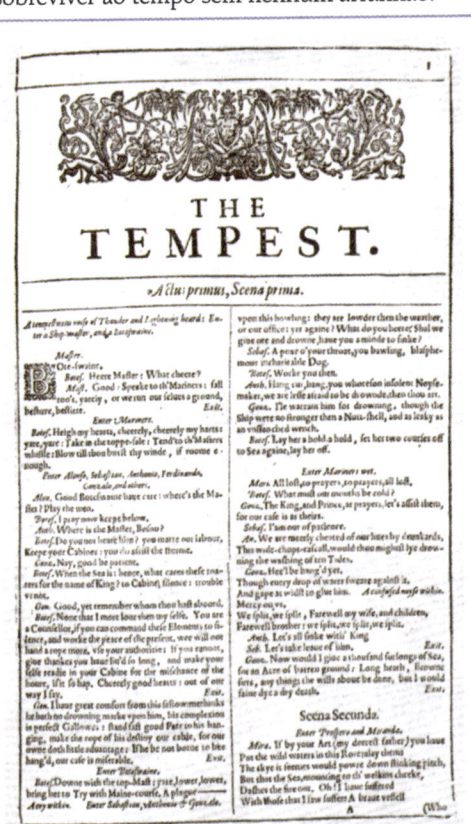

British Museum, Londres

Reprodução de página da primeira publicação, em 1623, de *A tempestade*, última peça de Shakespeare.

Senhoras e senhores, bem-vindos ao Teatro Globe!

Em Londres, Shakespeare integrou um grupo teatral chamado Lord Chamberlain's Man (ou Companhia do Camareiro Mor). Como ele e seus colegas não tinham um espaço próprio para encenar suas peças, resolveram construir um novo lugar. Assim nasceu o Teatro Globe.

Erguido às margens do rio Tâmisa, em 1599, o Globe foi o palco mais conhecido das criações de Shakespeare. Ali foram montadas as primeiras versões de *Hamlet, Como gostais, Otelo* e *Macbeth*, entre muitas outras.

Seu formato circular foi inspirado nas imensas rodas de comerciantes dos mercados medievais, onde os atores exercitavam sua arte.

Em 1613, o Globe foi destruído por um incêndio que começou durante a apresentação de *Henrique VIII*, outra obra de Shakespeare. O prédio foi reerguido no ano seguinte. Porém, em 1642, os puritanos (protestantes muito conservadores) fecharam todos os teatros da Inglaterra. Em 1644, o Globe foi demolido para a construção de um conjunto habitacional.

Em 1997, foi concluído o trabalho de reconstrução do teatro. O novo Globe fica a poucos metros do local original.

British Museum, Londres

Dimensões do Teatro Globe original*	
Altura	11 metros
Diâmetro	30,5 metros
Largura do palco	15 metros
Altura do palco	1,5 metro
Capacidade	3.000 pessoas

* Números aproximados
Fonte: *Shakespeare's Globe Research Database*

Para todos os bolsos

Na Inglaterra da época de Shakespeare, os teatros eram diversão de todas as classes sociais. Trabalhadores analfabetos e nobres cultos assistiam ao mesmo espetáculo. Os mais pobres pagavam um penny (uma moeda de pouco valor) para assistirem em pé, enquanto os mais abastados desembolsavam 12 vezes mais para se deleitarem em camarotes situados bem atrás do palco.

Sua majestade, uma fã

Como qualquer pessoa na Inglaterra, a rainha Elisabeth I admirava muito a obra de Shakespeare. Tal estima rendeu até uma peça. Elisabeth gostava muito do personagem Falstaff, presente na peça Henrique IV. Seu desejo era vê-lo em uma nova aventura. Atendendo a esse pedido especial, Shakespeare criou a comédia As alegres comadres de Windsor. *A encomenda real ficou pronta em prazo recorde: apenas 15 dias.*

riranças no altar

omeu e Julieta eram ainda
dolescentes quando resolve-
am se casar.

oje em dia, o casamento entre
essoas muito novas é reprova-
o por nossa sociedade. Porém,
a Idade Média (época em que
passa a história), esse fato
negava a ser comum, princi-
almente entre as famílias
obres, que uniam seus filhos
ara garantir propriedades e
utros interesses econômicos.

antas plantinhas

ocê se lembra do momento
m que frei Lourenço entrega a
ulieta uma misteriosa bebida
ue a faria parecer morta?
alvez você tenha estranhado
ue um frade soubesse preparar
oções secretas, mas os monges
nedievais tinham mesmo um
rande conhecimento sobre as
lantas. Eles as cultivavam
specialmente para finalidades
nedicinais e espirituais.

O domínio deste assunto tam-
ém os ajudou a inventar uma
preciada bebida: o licor.

Romeu e Julieta

Ao escrever **Romeu e Julieta**, Shakespeare certamente não imaginava que a peça se transformaria na mais louvada história de amor da humanidade.

De sua primeira encenação em 1596 até hoje, essa tragédia já ganhou inúmeras versões em teatro, cinema, TV, literatura, artes plásticas, música e até a gastronomia foi influenciada pelo jovem casal. Afinal, quem nunca provou "romeu e julieta", uma combinação de fatias de goiabada e queijo fresco?

Antes de Shakespeare, outros autores escreveram sobre a história dos dois apaixonados, que de fato viveram na Itália no século XIV. A versão do dramaturgo inglês foi inspirada em um poema de Artur Brooke denominado **A trágica história de Romeu e Julieta**, de 1552.

Keystone

Cena do filme *Romeu e Julieta* (1996). Leonardo diCaprio e Claire Danes foram os protagonistas nesta moderna adaptação que levou os Montecchio e os Capuleto para os Estados Unidos dos anos 1990.

Você sabia?

Os historiadores chamam de Idade Média o período que começa no ano 474, com a queda do Império Romano no Ocidente, e termina em 1453, com a queda do Império Bizantino.

A megera domada

Muitas pessoas torcem o nariz para essa história, pois acham que Shakespeare demonstrou ser machista ao escrevê-la. Mas será verdade? Qual sua opinião sobre isso?

Você talvez teve uma impressão negativa do comportamento de Catarina. Afinal, ela parecia ter uma personalidade tão forte até se casar, mas, depois disso, ficou totalmente submissa ao marido, não é mesmo? Muitos especialistas discordam.

Para eles, não há machismo em *A megera domada*. Pelo contrário: fingir obediência seria uma estratégia inteligente de Catarina para conseguir realizar seus desejos no casamento.

É importante lembrar que essa história foi escrita em meados de 1590. Nessa época as mulheres não tinham direito de se expressar na sociedade e não exerciam nenhum ofício, além das tarefas domésticas.

Meninas não entram!

Na época de Shakespeare, ir à escola era privilégio de meninos. Normalmente, os pais preferiam que suas filhas desenvolvessem habilidades úteis para um futuro casamento.

As aulas, que incluíam culinária e costura, eram dadas em seus próprios lares ou em casas de outras famílias. As meninas recebiam também lições de etiqueta, canto e dança.

Pieter Brueghel, *O banquete nupcial*, c. 1568/Museu de História da Arte, Viena

Como você se lembra, Petrúcio proibiu Catarina de participar de sua própria festa de casamento. Esta cena mostra como eram os banquetes nupciais na Idade Média.

A guerreira indomáv[el]

Joana D'Arc (1412-1431) n[ão] foi do tipo submissa e dócil co[mo] costumavam ser as mulheres [de] sua época. Ainda adolescen[te] essa corajosa francesa lider[ou] uma tropa do exército durant[e a] Guerra dos Cem Anos contr[a a] Inglaterra, vencendo um[a] importante batalha para s[eu] povo. Mais tarde, acab[ou] sendo presa por seus inimig[os] e acusada de bruxaria. [Foi] queimada em uma foguei[ra] aos 19 anos. Vinte e cinco an[os] depois da sua morte a Igre[ja] admitiu a inocência [de] Joana D'Arc. No come[ço] do século XX, ela foi decl[a]rada santa. Desde então, [é] padroeira da Franç[a].

Você sabia[?]

Na Idade Média, pouquíssim[as] mulheres escapavam da si[na] de serem donas de cas[a.] Aquelas que conseguiam u[m] emprego eram geralmen[te] enfermeiras ou professor[as] de crianças pequena[s.]

coleção

QUERO LER

Suplemento de Atividades

editora ática

HISTÓRIAS DE SHAKESPEARE: ROMEU E JULIETA — A MEGERA DOMADA — A TEMPESTADE

Adaptação de Charles Lamb e Mary Lamb

Você conheceu neste livro alguns dos mais importantes personagens e histórias da literatura ocidental, criados por um dos maiores escritores de todos os tempos: William Shakespeare.

Nosso encantamento ao ler essas histórias se dá graças aos temas sempre atuais nelas abordados, os quais merecem reflexão constante. Vamos aprofundar nossas reflexões sobre alguns deles?

Nome:

Ano: Ensino:

Escola:

B Agora, com base no que acabou de responder, você acha que vale a pena se arriscar tanto por amor quanto Romeu e Julieta se arriscaram? Por quê?

....

....

■ A MEGERA DOMADA

4. Escreva nos espaços que característica (ou características) da personalidade de Petrúcio é revelada nos seguintes trechos da história:

- "Diga-me, portanto: se eu conseguir o amor de sua filha, que dote ela trará no contrato?" (p. 36)

....

- "Mas Catinha, você é a mais linda Catinha do mundo, e por isso, Catinha, tendo ouvido louvores à sua meiguice por toda a cidade, vim até aqui cortejá-la para ser minha esposa. (p. 37)

....

Assinale a alternativa que, na sua opinião, define o comportamento de Catarina:

( ) Faz ironia diante do "saber" do marido.

( ) Mostra-se abobada diante do "saber" do marido.

( ) Confunde o dia com a noite.

Você analisou o comportamento de Catarina ao atender as vontades de Petrúcio. Responda:

A Você acha que ela tinha outra saída a não ser concordar com tudo? Qual?

....

....

B Por que você acha que ela agiu dessa forma?

....

....

■ A TEMPESTADE

7. A história de "A tempestade" se passa numa ilha

6. Catarina, quando já casada, queria ter a permissão de Petrúcio, seu marido, para ir à casa do pai. Ao comentar que o sol estava brilhando ao meio-dia, Petrúcio afirmou que o que brilhava ao meio-dia era a lua. Veja o que ela respondeu:

"— Vamos seguir adiante, suplico-lhe, agora que já avançamos tanto, e será o sol ou a lua, ou o que o senhor quiser, e se preferir chamar de vela, para mim estará tudo bem." (p. 46)

7.

8. Identifique no texto personagens e elementos que remetam aos contos de fadas.

Com os dois ao longo da narrativa. Relacione cada personagem com a descrição que a identifica:

(1) Duque de Milão
(2) Travesso, alegre e zombeteiro
(3) Foi banida da Argélia
(4) Escravo encarregado de recolher lenha
(5) Nobre da corte que muito ajudou Próspero
(6) Herdeiro do rei
(7) Herdeira do duque

(   ) Ferdinando
(   ) Gonçalo
(   ) Miranda
(   ) Próspero
(   ) Sicorax
(   ) Caliba
(   ) Ariel

• "[...] seu professor de música precipitou-se sala adentro para queixar-se de que a meiga Catarina, sua aluna, tinha-lhe partido a cabeça [...]" (p. 35)

• "Petrúcio lhe disse que a filha o receberá gentilmente e que prometeria casar com ele no próximo domingo. Catarina negou, dizendo que preferia vê-lo enforcado no domingo, e repreendeu o pai por querer casá-la com um rufião lunático como Petrúcio." (p. 37)

2.

Este suplemento é parte integrante da obra **Histórias de Shakespeare – vol. 1** • Não pode ser vendido separadamente
© **Editora Ática**. Elaboração: Ana Maria T. Borgatto, Terezinha Bertin e Vera Marchezi.

■ **ROMEU E JULIETA**

1. "Romeu e Julieta" é uma tragédia romântica. Sublinhe, nos trechos abaixo, as palavras ou expressões que dão pistas sobre o fim trágico das personagens, revelando o poder do destino na história.

A "E quando ele desceu pela janela do quarto, ao vê-lo lá embaixo, no solo, Julieta teve um estranho pressentimento: naquele triste estado de espírito em que se encontrava, parecia a seus olhos que Romeu era um morto no fundo de uma tumba." (p. 22)

B "Era só o início da tragédia daquele par de amantes malfadados." (p. 22)

C "O amor e o medo de se casar com Páris deram à jovem Julieta força bastante para empreender aquela horrível aventura." (p. 24)

D "O príncipe [...] repreendeu-os por sua inimizade brutal e irracional, e mostrou-lhes o castigo que os céus tinham lançado sobre aqueles pecados, encontrando um modo de punir aquele ódio antinatural por meio do amor de seus filhos". (p. 33)

2. Observe as palavras que você grifou na atividade anterior. Agora, assinale as alternativas que melhor representem o significado que esse conjunto de palavras tem para a história:

( ) o jogo das palavras quer significar que os amantes eram infelizes;

( ) as palavras demonstram a força do destino sobre a vontade dos amantes;

( ) as palavras revelam o desfecho trágico que a história terá;

( ) o conjunto das palavras no texto equivale à magia nos contos de fada;

( ) as palavras ajudam a descobrir quem morrerá primeiro.

3. O destino não permitiu que Romeu e Julieta ficassem juntos. No entanto, o amor que eles viveram pôs fim à inimizade entre suas famílias.

A Na sua opinião, o amor venceu no final da história? Por quê?

....

....

1

A tempestade

Em 1611, Shakespeare concluiu **A tempestade**, considerada a última peça de sua vida.

Na época, o misticismo da história despertou grande interesse do público londrino, que lotava as sessões do Teatro Globe para assistir à suntuosa montagem, pois poucos espetáculos exibiam cenário tão complexo.

Outro destaque da peça é sua originalidade. Diferente da maioria de seus trabalhos, Shakespeare não se baseou em nenhum outro texto literário para escrever **A tempestade**. Porém, acredita-se que a inspiração veio do naufrágio de um navio inglês nas Antilhas, em 1609. O relato dos sobreviventes teria sido o ponto de partida para o dramaturgo criar a fantástica ilha de Próspero.

Johann Heinrich Füssli, *Titania acaricia Bottom*, 1793-1794/Kunsthaus, Zurique

Não foi apenas em *A tempestade* que Shakespeare explorou o mundo da magia. A comédia romântica *Sonho de uma noite de verão* (representada no quadro acima) também apresentava uma série de criaturas encantadas.

...ellissime storie!

...rona, Pádua, Milão,
...ápoles... Você reparou que as
...stórias deste livro têm como
...nário cidades da Itália? E não
...ram só essas: em sua carrei-
...a, Shakespeare escreveu seis
...ças que se passam em ter-
...tório italiano.

...principal motivo dessa esco-
...a foi o Renascimento: movi-
...ento ocorrido no século XV,
...ue trouxe profundas renova-
...ões na cultura, política e eco-
...omia da Europa medieval.

...berço dessa revolução foram
...s ricas cidades do norte da
...ália, cujo comércio desenvolvi-
...o lhes permitiu investir na
...rte. Nessa época, surgiram
...omes como Michelângelo,
...eonardo da Vinci e Dante
...lighieri, entre outros.

...ocê sabia?

...uitos estudiosos acreditam que
...róspero seja um personagem
...utobiográfico, isto é, inspirado
...a vida do próprio
...hakespeare.

...passagem que melhor demons-
...ra isso seria o momento em que
...róspero enterra sua varinha de
...ondão e resolve voltar a Milão
...em seus poderes mágicos.
...odemos dizer que Shakespeare
...iveu algo bem parecido.
...ansado da "magia" do teatro,
...le deixou Londres e retornou à
...ua cidade natal, Stratford-on-
...Avon, onde aposentou seus
...poderes" de dramaturgo.

A arte de adaptar

Neste livro, as peças de Shakespeare foram adaptadas pelos irmãos Charles e Mary Lamb. Você sabe o que isso quer dizer?

Adaptar uma história significa contá-la de um jeito diferente, pensando em torná-la adequada a um determinado público. Se for preciso, o adaptador pode resumir o texto, selecionando suas principais partes, desde que isso não comprometa o sentido da história narrada.

As peças de Shakespeare que você leu aqui passaram por este processo. Como eram feitas para teatro, traziam apenas as falas dos personagens e pouca descrição das cenas. Além disso, alguns diálogos eram longos e muito difíceis. O que fizeram os irmãos Lamb? Escolheram as passagens mais importantes e transformaram os textos em contos. Desse modo, tornaram Shakespeare acessível para todos os públicos.

Os irmãos Lamb

Como bons ingleses, os irmãos Charles Lamb (1775-1834) e Mary Anne Lamb (1764-1847) admiravam muito o trabalho de William Shakespeare. A ideia de reescrever suas peças foi um modo de atrair a atenção dos leitores mais jovens, que achavam a linguagem do escritor muito rebuscada.

Juntos, Charles e Mary escreveram ainda dois outros livros. Charles também foi poeta e dramaturgo, mas teve mais reconhecimento como ensaísta e crítico literário. A versão dos irmãos Lamb para a obra de Shakespeare é a mais respeitada pela crítica e se tornou um verdadeiro clássico.

Francis S. Lary *Charles e Mary Lamb*, c. 1825